ロザムンド
おばさんの
贈り物

ロザムンド・ピルチャー
中村 妙子 訳

朔北社

ロザムンドおばさんの贈り物　目次

ロザムンドおばさんの贈り物

あなたに似たひと

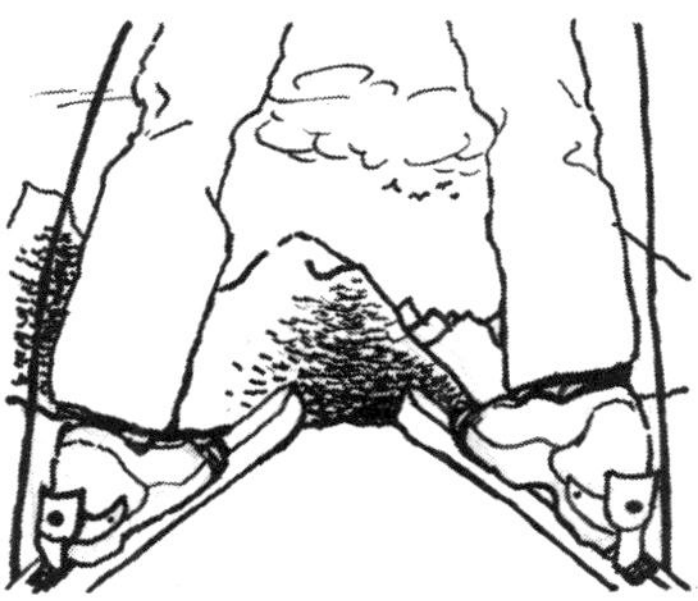

A Girl I used to Know

午前十時というのに、ケーブルカーはラッシュ時のロンドンのバスの混みかただった。まぶしいほど透明な大気の中へと、ケーブルカーはギーッと音を立ててゆらゆら揺れながら昇って行った。村が後方に急速度で沈み、メイン・ストリートのまわりにごたごたと固まっているホテル、民家、店舗がたちまち小さくなった。

紺碧の空、氷の針のようにそそり立つクライスラーの頂きを指して、ケーブルカーは昇っていた。レストランの付属している駅舎は、頂きの少し下手にあった。上方に万国旗がはためいている。正面いっぱいに取った大きな窓が日光をキラキラと反射していた。

ジーニーは大きく一つ、吐息をついた。口はからからに乾き、胃のあたりがきゅっとひきつるようだった。ケーブルカーの一隅で動きが取れないまま、ジーニーは頭だけ振り向けるようにしてアリステアを目で捜した。上背のあるアリステアの、荒削りだがハンサムな横顔はいつものように際立っていた。こっちを向いてくれればいいのにと、ジーニーはやきもきしていた。何も怖がることはないよというように微笑を向けてくれれば。しかし彼の気持ちはすでにクライスラーの頂きへと舞い上がり、山頂から村までの滑降の楽しさに集中しているらしかった。

前夜、ホテルのバーのテーブルをアリステアとアンとコリンと四人で囲んでいたとき、ジーニーは思いきって言った。「明日の滑降、あたしはやっぱりやめとくわ」革の半ズボン姿のバンドの陽気な演奏に合わせて、幾組ものカップルがまわりで踊っていた。

「そんなばかかな。一緒に滑るつもりで、わざわざきみの休暇に合わせてここにきたんじゃないか」とアリステアが言下に言った。「初心者用のスロープでおっかなびっくり滑ってたって、面白くもおかしくもありゃしないよ」

「あたしには、まだ無理よ」

「距離はあるけど、それだけのことだよ。何もむずかしいことはないんだ。ぼくらもきみのペースに合わせるしね」

それがそもそも問題なのに。

「あたしのせいで、あなたがたまで遅くなっちゃうわ」

「そんな自己卑下することはないって」

「ほんと言って、あたし、行きたくないのよ」

「まさか、怖いわけじゃないだろうね？」

実はそのとおりだったのだが。「そうじゃないの。ただあなたがたの楽しみを台なしにしたくなくて」

「台なしにするなんて」とアリステアはきっぱりと言った。彼は生理的な恐怖といったものとはまったく無縁らしい。だから不安に胸をふさがれて死ぬ思いをしている人間がいるなんて、想像のほかなのだ。

「でも……」

「もうやめよう。さあ、踊ろうよ」


アリステアはあたしのことなんか、もうすっかり忘れているみたい——ケーブルカーの片隅でジーニーはまた溜息をついて、窓のほうに向きなおると白く輝く雪の斜面をみつめた。ずっと下方ではスキーヤーたちがすでに続々とピステをくだっていた。雪の上に細い二本の線を引いて小さな蟻のように動いている者、飛ぶような速さで斜面を村へやすやすと降りて行く者。

恐ろしいのはそれなのだ。ちょっと見にはいかにもたやすそうに見えるが、あたしには不可能もいいところだ。

「膝を曲げて」とインストラクターは言う。「体の重みを外側の足にかけて……」

体の重みを外側の足にかける。忘れちゃいけない。それはできるはずよ。リラックスするの。

膝をぐっと曲げて、体の重みを外側の足にかける。

ケーブルカーが駅に着いた。澄んだ空気の中を朝の日の光を浴びてひたすら昇っていたのが、ターミナルの薄暗がりの中にガチャンと音をたてて静止した。ドアが開き、乗客が我先に外にあふれ出た。気温は、村よりもまた数度低そうだ。駅舎の出口には氷柱が花づなのように下がり、踏みしめる雪が凍ってジャリジャリと音を立てた。ジーニーが降りたときには、気の早い者は一刻の猶予も我慢ならないというようにすでに滑りだしていた。レストランで熱いココアか、薬味の利いたワインを飲む間も惜しんで。

「さあ、行こう、ジーニー」

アリステアとコリンとアンは早くもスキーをつけて、ゴーグルを引き下ろしていた。ジーニーは重たい足をひきずって、つまずいたり滑ったりしながら三人に近づいた。寒気が頬を刺し、氷片のように冷たい空気を吸うごとに、胸がキリキリ痛んだ。

それでも何とかアリステアの側にたどりつくと、彼は身を屈めてジーニーのスキーのビンディングを留めてくれた。スキーの重たさに、ジーニーはいっそう心もとない思いを感じていた。

「さあ、これでよし。いいね？」

返事もできなかった。コリンとアンは彼女の沈黙を肯定と取ってにっこり笑うと、ストックを高く上げて振り、前後して滑りだした。二人は勢いよく雪を撥ね上げ、たちまち斜面の鼻を越えて、その彼方の無限の空間に姿を消した。

「ついてきたまえ」とアリステアは無造作に言い残して、滑りだした。

「ついてきたまえ……」アリステアの行くところならどこへでもついて行きたいジーニーだったが、いまはただ震えながら立ちつくしていた。こんな恐ろしいことって、想像したこともないわ。一瞬のパニックが、平静な決意に取ってかわっていた。

クライスラーの頂上から村までスキーで降りるなんて、とんでもない。スキーをはずし、レストランに行って、ともかくも何か温かいものを飲もう。それから、山頂からの景色を見物にきただけのおばあさんのように、またケーブルカーで村に帰ろう――ひとりで。アリステアはむかっ腹を立てるだろう。でもかまわない。何てまあ、情けないと、コリンたちは呆れるだろうが、人の思惑など、どうでもよくなっていた。あたしにはスキーなんてとても。もともと臆病なんだわ。運動神経もゼロだし。村にもどったらチューリヒ行きの列車に乗って、それから空路イギリスに帰ろう。


そう決心すると急に気持ちが軽くなった。ジーニーはスキーをはずして肩にかつぐとレストランのほうに引きかえし、戸口の前の雪の中にストックと一緒につっ立てた。木の階段を上って重たいガラスのドアを押すと、むっと暖気が押し寄せてきた。松のにおい、乾いた木の燃えるにおい、葉巻とコーヒーのにおい。

ジーニーはカウンターでコーヒーを一杯もらって、空いたテーブルを見つけてすわった。熱いコーヒーカップの感触が身も心も慰めてくれるようだった。ジーニーは毛糸の帽子をぬいで髪の毛を一振りしながら、いまわしい扮装をかなぐり捨てたような気持ちで両手でコーヒーカップをかかえて、この甘美な瞬間に集中し、一秒先のことも考えまいと心に決めた。とくにアリステアのこと、彼を失うことについては、いっさい考えないようにしよう……


「おひとりですか？」

びっくりして顔を上げたジーニーは、テーブルの向こうにたたずんでいる男に気づいた。

「ええ……」

「お邪魔してもかまいませんか？」

驚きを隠しつつ、ジーニーはつぶやいた。「べつに……かまいませんけど……」

それはすでに老境に入りかけている、見るからイギリス人らしい、整った風貌の男だった。手にしたカップを下に置き、男はジーニーの隣りの椅子を引きだして腰を下ろした。ネイビーブルーのアノラックの下に真紅のセーターを着ていた。濃い青い目、薄くなりかけている白髪まじりの髪、野外で暮らしつけてきた人らしく日焼けした頬には、深い皺が刻まれていた。

「美しい朝ですね」

「ほんとうに」

「午前二時ごろにかなり雪が降りましたがね。ご存じですか？」

「いいえ、知りませんでした」

彼は輝くばかりに青い目を、じっとジーニーに注いでいた。「さっきまで、私は窓際のテーブルにすわっていましてね、たまたまあなたがたのやりとりが想像できたんです」

ジーニーはうんざりして口ごもった。「どういう意味でしょう、それ。よくわかりませんけど……」もちろん、わかりすぎるくらい、わかっていたのだが。

「お友だちは、あなたを置きざりにして行ってしまったようですね」ひどいじゃないかといわんばかりのニュアンスを感じて、ジーニーはすぐ弁護した。

「そんなつもりじゃ、なかったんです。あの人たち、あたしがついてくるものと思いこんでいたんですわ」

「じゃあ、なぜ、ついていらっしゃらなかったんです？」

聞こえのいい言い訳がいくつか頭に浮かんだ。「ひとりで滑る方が好きですから」、「滑りだす前にコーヒーを一杯、飲みたくて」、「あの人たちがもう一度、ケーブルカーで上がってくるのを待っていますの。それから昼食に間に合うように、一緒に滑って降りようと思って」などなど。

しかしその輝く目にみつめられていると、とても嘘はつけなかった。「ほんといって、あたし、怖いんです」

「何が？」

「何もかも。この高さや、そこをスキーで滑って降りることや、みっともない真似をするんじゃないかってことや、あの人たちの楽しい一日を台なしにしてしまうことや」

「スキーははじめてですか？」

「この休暇がはじめてなんですの。一週間前にここにきて、初心者用のスロープでインストラクターについてずっと練習してきたんです。何とか早くこつを覚えたくて」

「それで？」

「まあ、少しは。でもあたし、運動神経がまるでないみたいで。それともよっぽど臆病なのかしら。スロープを滑って降りること、方向を変えて止まることはようやくできるようになったんですけど、いつひっくりかえるかと、しょっちゅう不安で。それでやたら神経質になって、そうなるともちろん、たちまち転んでしまうってわけで。つまり、文字どおりの悪循環なんです。それにあたし、高所恐怖症の気味もあるみたいで。ケーブルカーの中から下の景色を見ているだけでも、気分が少しおかしくなってきたくらいですの」

　男はそれについては、それっきり触れなかった。「お友だちのみなさん、かなり上手なようですね？」

「ええ、ずいぶん前から一緒に滑ってきたらしいんです。アリステアはごく小さなころに両親に連れられてここにきたそうで、コースというコースを手に取るように知りつくしていますわ」

「そのアリステアが、あなたのお友だちなんですね？」

　ジーニーは顔を赤らめながらうなずいた。「ええ」

「それだから、ここにいらっしゃった？」

　こう言いながらにっこりした。その笑顔を見返しているうちに、まったく思いがけないことだが、ジーニーは打ち明け話をしようという気になっていた。列車の旅の途中で会った、そして今後二度と会うことはあるまいと思われる、見知らぬ旅人にするように。「おかしいんですの。だってあたしたち、同じことに笑い、同じ楽しみを共有して、いつもとても仲よくやってきたんです。でもいまは……。ほんとうの意味で彼と一つになりたかったら、彼の生活の一部になりたかったら、まずスキーが上手にならなくちゃってことは、はじめからわかっていました。スキーは彼の生涯の情熱なんですから。あたし、いつもそのことでくよくよ心配してきました。さっきも言ったように、あたしって運動神経がゼロで、小さいときからダンスのクラスでも、いつも左足と右足がごっちゃになってしまって。でもここにくるまでは、スキーは違うんじゃないかと望みをかけていたんです。スキーなら、あたしにもできるんじゃないかって。ですからアリステアがみんなでクライスラーに行かないかって誘ってくれたとき、あたしにもできるってことを証明したくて、一も二もなく賛成したんですの。きっと楽しいだろうと想像できましたし――。雪山を苦もなく滑り降りてくるスキーヤーを描いたポスターのとおりに。こんな高い山を滑って降りることになるなんて、想像もしていませんでした」

「アリステアは、そんなあなたの気持ちを知っているんですか？」

「わかりっこありませんわ、あの人には。それにあたし、楽しんでいるようなふりをしてきましたし」

「しかし、実はそれどころではなかった」

「ええ、いやでいやでたまりませんでしたの。次の日のことが気になって、夜も思いきり楽しむ気持ちになれなくて」

「そのコーヒーを飲み終えたら、村までどうやって帰るつもりですか？」

「ですからケーブルカーで……」

「なるほど。がまあ、もう一杯コーヒーをもらって、少し話し合ってみようじゃありませんか？」

話し合うことなど、何もないのに——とジーニーは思ったが、コーヒーは飲みたかったので、「ええ」と答えた。

男は二つのカップを取ってカウンターに行き、湯気の立つカップを両手に持ってもどってきた。椅子に腰を下ろしながら、彼はさりげなく言った。「実はむかし、不思議なくらい、あなたによく似た娘さんを知っていましてね。姿もそっくりだが、話しかたも声もそっくりでしたっけ。彼女も、あなたと同じようにおびえていましたよ」

「そのかた、どうなりまして？」とジーニーはスプーンでコーヒーをまぜながら、わざとおどけた口調で訊いた。「ケーブルカーで村まで帰って、それから尻尾を巻いてすごすご飛行機で帰国なさいましたの？　あたしの場合はたぶん、そうなると思いますけど」

「いいえ、そうはしませんでした。彼女の気持ちを理解し、喜んで助け励まそうと思っている人間に出会ったものですから」

「あたしの場合は、助力と激励だけではとても足りないと思いますわ。あたしに必要なのは、まさに奇跡なんですから」

「ご自分を過小評価してはいけませんね」

「だってあたし、お話にならないくらい、臆病なんですもの」

「それは少しも恥ずかしいことではありません。恐れてもいないことをやってのけたところで、勇敢な人間とはいえないのです。心も萎えしぼむほど恐れていることを敢えてする――それこそ、勇気というものです」

このときレストランの入り口のドアが開いて、駅員らしい男が戸口に立った。彼はあたりを見回して彼らのテーブルに近づき、毛糸の帽子をうやうやしく脱いでジーニーの向かい側の男に一礼した。「マンリー中佐さま」

「ハンス！　何か用かね？」駅員はドイツ語で話しはじめ、マンリー中佐と呼ばれた男も同じくドイツ語で受け答えしていた。やがて駅員はわかったというようにうなずき、ジーニーに向かって一礼すると立ち去った。

「ハンスは、そこの駅の駅員です。あなたのボーイフレンドがあなたのことを心配して、村から電話をかけてよこしたんですよ。ひょっとして、どこかで転倒して怪我をしたんじゃないかとね。ハンスが見にきて、あなたの無事を確認したというわけです」

「それでいま、何ておっしゃったんですか？」

「心配はいらない。いずれ一緒に滑って降りるつもりだと言いました」

「一緒に？」

「そう、あなたと私とでね。しかしケーブルカーに乗ってじゃありません。あなたは私といっしょにクライスラーを滑降するんですよ」

「そんなこと、あたしにはとても……」

彼はすぐには反駁《はんばく》せず、ちょっと間を置いてから言った。「あなたは、その青年を愛しているんですね？」

考えてみたこともなかったのだが、こう正面切って問われたとき、ジーニーは自分の気持ちに素直に答えた。「ええ」

「彼を失ってもいいんですか？」

「いいえ！」

「だったら、私と一緒においでなさい。いますぐ。私たちのどっちかの気が変わらないうちに」

戸外はあいかわらず寒かったが、太陽が空高く昇りかけており、レストランの戸口やバルコニーに下がっていた氷柱が解けて、ポタポタと音を立てていた。ジーニーは帽子をかぶり、手袋をはめ、スキーを取ってビンディングを留めると、ストックを両手に構えた。彼女のあたらしい友人はすでに用意を整えて待っていた。二人はさんざんに踏み荒らされた雪の上を、スロープの端の方へ移動した。まるで雪白のリボンを敷きのべたように美しいピステが、下方に向かってどこまでも続いていた。村はここから見ると、まるで玩具の家々を寄せ集めたように深い谷の中に安らい、その彼方に遠くの雪の峯々がガラスでできてでもいるようにキラキラと輝いていた。

「何て美しいんでしょう！」とジーニーはしみじみ言った。こんな気持ちでまわりの景色を見るのははじめてだと思いながら。

「そう、景色をせいぜいお楽しみなさい。それも、山をスキーで降りる楽しみの一つなんですから。余裕をもって立ち止まり、あたりを見回すんです。それに、今日は魔法のようにすばらしい日だ。用意ができたら出発しますよ」

「一つ、伺いたいことがあるんですけど」

「何ですか？」

「その――あたしと同じように怯えてたってひとのことですけど、結局どうなったんですか？」

男はにっこりした。「私の妻になりました」こう短く答えたと思うと、斜面を音もなく動き、小高い雪のうねを横切ると、すばやく向きを変えてくだって行った。

ジーニーは一つ深く息を吸いこみ、歯を食いしばると、ストックをふるって男の後に続いた。

はじめのうち、ジーニーの体はあいかわらず固く、動きもぎこちなかった。しかし一分ごとに自信が増し加わるようで、三度ターンしたが一度も転ばずにすんだ。血のめぐりが速くなったようで体がほてり、実際に筋肉がくつろいでいるのが感じられた。日光がぽかぽかと顔に当たり、さわやかな冷たい空気がよく冷やしたワインのように快い感触だった。雪を分けるスキーの

シュッシュッという音とともにスピード感が増し、あぶなっかしいコーナーを曲がるつど、鋼鉄のエッジの鳴る音に励まされた。

男はいつもほんの少し先にいたが、しばしば立ち止まって彼女を待ち、一息入れさせてくれた。前方のコースに、いささかの説明を要することがあった。「森林地帯を抜ける、狭い道なんですがね、前に行ったスキーヤーがつくった跡を滑るようにして下さい。それなら安心です」とか、「このピステは山の際をぐるぐる回っているんですが、見かけほどには危険じゃありませんから」などと。

彼は、自分が近くにいてリードするかぎり、危険なこと、恐ろしいことは何一つ起こりようがないと感じさせてくれた。谷へと降って行くにつれて、地形が変わった。橋をいくつか渡り、農家の開け広げた門を通って疾走することもあった。

そして突然、予想もしないうちに、見慣れた景色が眼前に現われた。初心者用のスロープを眼下に見て、ジーニーは歓声を上げそうになった。そんなわけで滑降の最後の部分はそれまでと比べると嘘のように容易で、ジーニーはたっぷり七日間悪戦苦闘したスロープを、ひときわ軽快なスピードで一気にくだったのだった。これまでの生涯に経験したことのない勝利感と、胸の高鳴りに酔いしれつつ。

あたし、クライスラーをスキーで降りたんだわ！

一瞬のうちに、すべては終わっていた。スキー学校の脇で道は平坦になり、昨日まで毎日、せめてもの元気づけに熱いチョコレートを飲みに寄ったカフェのところで、男はジーニーを待っていた。くつろいだ様子で笑みをたたえて。滑降の成功を彼女と同じくらい喜び、彼女の喜びように、心をくすぐられているらしかった。

ジーニーは男のかたわらに止まり、ゴーグルを押し上げると息を弾ませて笑いかけた。

「どんなに恐ろしい思いをするかと思ってましたのに、楽しくて楽しくて、それこそ、天にも昇る心地でしたわ」

「お見事でしたよ」

「あたし、一遍も転びませんでした。どうしてかしら」

「転ぶのはびくびくしているからなんです。あなたがびくついて転ぶことは、今後もう二度とないと思いますよ」

「ほんとに何てお礼を言ったらいいか」

「そんな必要はありません。私も楽しかったんですから。私の思い違いでなければ、あなたのボーイフレンドがこっちにやってくるようですよ」

振り返ると、ほんとうにアリステアがカフェのドアを押して出てくるところだった。

「やったね、ジーニー！　申し分のない滑降だったよ！」とアリステアはうれしそうに言って、いきなりジーニーを抱きしめた。「初心者用のスロープを降りてくるところを見ていたんだが、感心したよ！」ジーニーの頭ごしに彼女の伴走者の顔を見やって、アリステアのハンサムな顔には、あの駅員のハンスと同じ尊敬の表情が浮かんだ。

「マンリー中佐！」帽子をかぶっていたら、さっと取って一礼していただろう。「あなたがジーニーと一緒に降りてくださったんですね！　こちらにご滞在だとは知りませんでした」二人は握手した。

「このきみのチャーミングなお友だちと一緒にひと滑りできて、すばらしい気分だよ。きみの名は？」

「アリステア・ハンセンといいます。小さいころ、あなたが滑られる様子を、いつもわくわくしながら見ていました。ぼくの寝室の壁には、あなたの写真が所せましと貼ってあります」

「駅員のハンスから、きみの伝言を聞いたのでね」

「ピステを半分ほど降りてから、ジーニーがついてこないのに気づいたんです。そのときにはもう、引き返すには遅すぎたものですから」

「レストランで出会ったんだが、ちょっと寒いというので、まず温かいものを飲んでからということにしたんだよ」

「途中で転倒したんじゃないかと気が気でなくて。ジーニーが担架に担がれて山を降りてくるところまで、想像してしまったんです」

マンリー中佐は身を屈めてスキーをはずし、肩に掛けるとすくっと背を伸ばした。「ほんのちょっとの心づかいと励ましがあれば、このひとはきみの期待に十二分に応えられると思うよ。さあ、わたしはこれで失礼しよう。さよなら、ジーニー、すべてについて幸運を祈っていますよ」

「さようなら、ご親切に、ほんとうにどうもありがとうございました」

マンリー中佐はアリステアの肩をポンとたたいた。「このひとを大切にしたまえよ」それからくるりと背を向けて、雑踏する道を歩み去った。どこか孤独な姿であった。

ジーニーは訊いた。「誰なの、マンリー中佐って?」

「ビル・マンリーさ。さあ、おいで、何か、一緒に飲もう」

「でもそのビル・マンリーって、どういうひと?」

「ビル・マンリーの名を知らないっていうのかい?　有名なひとだよ。イギリスが生んだ名スキーヤーの一人さ。年取って現役を退いてからは、オリンピック・チームのコーチをつとめてきた。つまりきみは、ジーニー、クライスラーをチャンピオンと一緒にくだったわけだ」

「知らなかったわ。ただあたしにそりゃあ親切にしてくださって。あたしね、アリステア、ほんとのとこ、寒いからレストランに行ったわけじゃないの。怖くて、あなたの後について行けなかったのよ」

「そう言ってくれればよかったのに」

「できなかったの。あたし、ただもう怖くて、立ちすくんで震えていたの。とてもついては行けないと見きわめをつけて、あきらめの気持ちでレストランでコーヒーを飲んでいたら、あのひとが近づいて、話しかけたの。自分のことは何も言わずに。ただ奥さんのことをちょっと言ってたけど」

アリステアは、ジーニーのスキーを引き取って担ぎ、彼女の手を取った。二人は手をつないだまま、カフェの方に歩きだした。「そう、とてもチャーミングなひとだったよ。二人が一緒に滑っているところを何度も見たけど、世界一すてきなカップルだと思ったっけ。いつも仲が良くて、いつも一緒に笑っていた。お互いがいれば、ほかには誰も要らないというように」

「まるで過去のことのような言い方をするのね」

「そうなんだ」カフェの入り口で、アリステアはジーニーのスキーを雪の中につっ立てた。「奥さん、去年の夏に亡くなってね。ギリシアの海を友だちとセーリングしているときに、運わるくヨットがひっくりかえって溺れたんだそうだ。だからあのひとはいま、ひどく寂しい思いをしているに違いないんだ」

ジーニーはにぎやかな村の通りに目をやったが、もちろん、ビル・マンリーの姿はもう見えなかった。一瞬、ジーニーは自分がワッと声を上げて泣きだすのではないかと思った。のどに熱い塊りがこみあげ、目の前が涙で曇っていた。たぶん、もう二度と会うことはないだろう。でも何という貴重な贈り物を、あたしはあのひとからもらったことか。

「もちろん、そうしたいきさつについては、きみには何も話さなかったろうけど」

実はむかし、不思議なくらい、あなたによく似た娘さんを知っていましてね……

ジーニーとアリステアは手をつないだまま、カフェの階段を上がった。あたし、結局泣きださずにすむみたい。

「ええ、そんないきさつはぜんぜん」

忘れられない夜

An Evening to Remember

髪の毛をきりきり巻きつけたカーラーがいくつもくっついているために少し重たく感じられる頭を、ドライヤーの下にかがめたとき、美容師が雑誌を差しだした。アリスン・ストックマンはそれを断ってバッグからメモ帳を取りだし、書きとめた順にもういっぺん、読みかえしてみた。これで十四回目くらいかもしれないと思いつつ。

本当のところ、アリスンは出たとこ勝負が得意で、普段はメモなど、めったに書いたことがない。大体が細かいことにくよくよしない、快活な主婦で、パンとか、バターとか、洗剤といった日常の必需品を切らしたことも一度や二度ではなかった。しかし彼女には、そうした品なしで急場をしのぐ才覚もあった——まあ、一日二日くらいなら。それにまた、そんなことは人生の重大事ではないという、抜きがたい信念を持ってもいた。

メモをまったく書かないわけではなかった。ただ、とっさに思いついたことをあり合わせの紙——封筒や古い勘定書の裏など——に書きつける癖があり、これがしばしば彼女のしごく無事な日常生活に、ある種の謎を提供するのであった。たとえば半年ばかり前に配達された石炭の領収書の裏に「電灯の笠——値段は?」と、書きなぐってあるのを見つけて彼女は、これはいったいどういうメモだろうと首をひねるのだが、さっぱり思い出せない。電灯の笠? どの部屋の電灯だろう? 買ったとすると、いったい、いくら払ったのかしら?

ロンドンから田舎に引っ越してきて以来、あたらしい家の調度や家具をととのえることにつとめているアリスンだったが、先立つもの――ズバリ言ってお金と時間――が十分にあったためしがなかった。幼い子どもを二人かかえていると、その二つともがまたたく間に右から左に消えてなくなって行く。絨緞を敷いてない、むきだしの床、裸電球が下がったままの部屋がいまだにあるのだから、メモが予算生活に然るべく貢献しているとも思えなかった。

しかし今日のメモは、そうした行き当たりばったりのメモとはわけが違っていた。今日のは夫のヘンリーの会社の社長夫妻を迎えての明日のディナーの準備用のリストで、アリスンは小さな鉛筆付きのメモ帳をとくにそのために買い、前もって購入すべきもの、皮をむいておくべき野菜、調理すべき肉類その他、磨いておくべきナイフやフォーク、洗っておくべき茶碗や皿、アイロンを掛けなければならないテーブル掛けやナプキン等々を慎重に検討して書きこんだのであった。

「食堂に掃除機をかけて、銀食器を磨く」。アリスンは「済み」の印としてこの一行の頭に✓を書いた。「テーブルをセットする」。これも✓だ。けさ、ラリーがプレイ・スクールに行き、ジェイニーがベッドで眠っているあいだに済ませておいた。出勤前のヘンリーにその心づもりについて話したとき、彼は「グラスに埃がつかないかなあ」とあやぶんだ。「大丈夫よ」と彼女は請け合った。「それに電灯を消して、蝋燭の灯りでムードを盛りあげるつもりなんですもの。少しくらい埃がついたって、フェアハーストさんたち、気がつきっこないわ」

「ステーキ用のヒレ肉を注文する」。これも✓だ。「ジャガイモの皮をむく」。これも✓。「冷凍庫からエビを出しておく」。これは明日の朝でいいだろう。「マヨネーズをつくる」、「レタスとマシュルームを用意しておく」、「レモン・スフレをつくる」、「生クリームを買っておく」。生クリームは買ってあるが、他の三つは当日回しということになる。

「花を活ける」とアリスンはあらたに思いついて、メモ帳に書きこんだ。ほころびはじめた庭の黄水仙を切って、ユキノシタの小枝をあしらおう。ときどき庭をトイレ代わりにしている野良ネコの不快な体臭がまつわりついていないといいけれど。

「いちばんいいコーヒーカップを洗っておく」。めったに使わない、その上等なコーヒーカップはヘンリーと結婚したときに誰かにもらったもので、居間の戸棚にしまってある。ワイングラスはともかく、あれは埃だらけに違いない。ああ、どうしよう、しておかなければならないことがきりなくあるわ！


ドライヤーとカーラーからやっと解放されて鏡の前にすわると、若い男の美容師が二本のブラシを器用にふるって頭をトントンとドラムでも調子よくたたくようにして、セットした髪をときつけはじめた。

「どちらかへお出かけですか？」

「いいえ、明日の晩、お客が見えるので今日のうちにと思って」

代金を払って外に出ると、あたりはすでに薄暗かった。

アリスンは食器類を洗った水を捨てると、二階に上がって行った。なぜか、ひどく疲れていた。ヘンリーはすでに帰宅し、子どもたちが入った後の浴槽でのんびりお湯につかっている。夕食は明日に備えてごく簡単にすませるつもりだったし、子どもたちはイヴィーが寝かしつけてくれている。イヴィーは近くの農園主の姉さんで、大の子ども好き。引っ越して間もないアリスンとスーパーで会って親しくなり、ときおり手伝いにきてくれるようになっていたのだった。

アリスンはクロゼットから、ヘンリーが去年のクリスマスに贈ってくれたビロードの部屋着を取り出した。裏地はシルクで、軽くて着心地がよく、たいへんな贅沢をしているような気分になる。ボタンを留め、サッシュを結び、ちょっと考えてから踵《かかと》のひくい、金色の室内ばきをはいた。髪をセットしたばかりでもあり、少し気分を変えてみたかったのだ。

階下に降りて、ヘンリーが買ってきた夕刊を手に、アリスンは居間に入って行った。今夜は何か面白そうなテレビ番組があるかしら。アリスンはソファーにすわって夕刊をひろげた。

一台の車が、メインストリートから折れて近づいてくるようだった。おやと思っているうちに門を入り、カーテンの向こうでヘッドライトがキラッと光った。砂利の上でタイヤのきしる音がして車は玄関の前で止まったらしい。ベルが鳴った。アリスンは手にしていた新聞を取り落として小走りにホールに行って、ドアを開けた。

黒い大型のダイムラーを背に、笑顔で戸口に立っていたのは盛装したフェアハースト夫妻だった。アリスンの最初の衝動は、ドアをピシャリと閉めて悲鳴をあげ、一から十まで数えたあげく、もう一度ドアを開けようというものだった。幻は消えているに違いない。

だがそれは正真正銘、ヘンリーの勤め先であるフェアハースト・アンド・ハンベリ電気会社の社長夫妻だった。ミセス・フェアハーストはふくよかな顔にこぼれるような笑みをたたえていた。アリスンも反射的ににっこりした。ぴたりとお面をかぶせたような、こわばった笑顔だったに違いないが。

「ちょっと早すぎたかしらね。道に迷うといけないと思って、時間をたっぷり見ておいたものですから」とミセス・フェアハーストが言った。

「いいえ、ちっとも」アリスンの声は、優に2オクターブは高かったろう。あたし、日を間違えて伝えたんだわ。どうしよう！　「遠いところをよくいらしてくださいました。さあ、どうか、お入りになって」

言えないわ。明日のつもりだったなんて、あたしにはとても言えない。ともかくも飲み物を出して、そのうえでヘンリーから謝ってもらおう……アリスンは機械的に手を出して、ミセス・フェアハーストがぬいだ毛皮のコートを引き取った。

「途中は――ひどく混んでいまして？」

「いや、快適だった。ヘンリーから道順をくわしく聞いていたしね」

フェアハースト氏は、濃紺のスーツにしゃれたネクタイを結んでいた。ミセスは、シャネル5番の香りを漂わせ、エレガントにふくらませた銀髪の耳もとに、ダイヤモンドのイアリングが揺れていた。

「あなたがたが少し田舎に移られたと聞いて、ご新居をぜひ一度拝見したかったのよ、ジョックも、わたしも。とてもすてきなお家じゃありませんか」

アリスンが居間に案内し、ソファーの上にひろげたままの夕刊を雑誌の下に押しこんだとき、ミセス・フェアハーストはくつろいだ様子で肘掛け椅子に腰を下ろした。

何か飲み物を出さなきゃ。でも主婦がお客をほっぽらかしてすぐひっこんだりしたら、失礼だと思われないかしら。それに「ドライ・マティーニを」なんて所望されたら？

「居心地がよさそうな部屋だな、なかなか。庭もあるようですね」とフェアハースト氏が好もしげにまわりを見回しながら言った。

「ええ、一エーカーほど。わたしたちには少し広すぎて、まだあまり手を入れていないんですの」

「確か、小さいお子さんが二人、いらっしゃるのよね。お子さんが小さいうちは田舎暮らしは理想的ね。それに通勤距離もまあまあだし」

「子どもたち、もうベッドに入っていますわ。近くの友だちがときどき面倒を見にきてくれて。子ども好きの、とてもいい人ですの」

ああ、何を話題にしたらいいだろう？　フェアハースト氏は葉巻に火をつけた。アリスンは一つ深く息を吸いこんでから言った。

「お飲み物は何を召し上がります？」

「そうね、シェリーをいただける？」とミセス。

「ああ、ありがたいね」とフェアハースト氏。

アリスンは心の中で二人のお客を祝福した。シェリーなら、あたしにも用意できるわ。「あのう、ちょっと失礼してもよろしいでしょうか？　ヘンリーはもどったばかりで、まだ二階にいますの。すぐ降りてくると思いますけど」

「もちろんですとも。わたしたち、この暖炉のそばでくつろがせていただくわ。どうか、おかまいなく」

アリスンはそっとドアを閉ざしてひきさがった。お客がいかにもいい人たちなので、なお辛かった。しかし自分のドジを呪っている暇はない。アリスンは足音を忍ばせて二階に駆け上がった。バス・ルームのドアも、寝室のドアも、開けっぱなしで、寝室ではシャワーを中断したらしいヘンリーがバスタオル、ソックス、シャツ、下着といったのものを取り散らかして、電光石火の早わざであたらしいシャツの裾をズボンに押しこみ、ジッパーを上げ、ネクタイに手を伸ばしているところだった。

「ヘンリー、フェアハーストさんたち……」

「ああ、バス・ルームの窓から見えたよ」

「あたし、奥さんに明日の晩でなく、今夜って言ったみたい」

「そうらしいね」鏡をのぞくためにちょっと膝を曲げて、ヘンリーは濡れた髪の毛にそそくさと櫛を入れていた。

「あたしが勘違いをしたって、あなた、お詫びして下さる？」

「そんなこと、言えるわけないだろう」

「つまり、何かディナーを用意しなきゃってこと？　どうしよう？　何もないのよ。明日の晩に備えて、今夜はサラダとオムレツぐらいですますつもりだったんですもの」

「飲み物は出した？」

「いいえ、まだ」

「とにかく飲み物を出すんだ。ここは何とか、二人で切り抜けなくちゃ」

「ヘンリー、ごめんなさいね。社長さんご夫妻が平社員の家を訪問なさるなんて、めったにないことなのに。あなたの昇進のきっかけになったかもしれないのに——あたし——あたし……」

「いまさらどうしようもないよ。とにかく早く飲み物を出すんだ。ぼくもすぐ行く」とヘンリーはヴェストのボタンを留めながら口早に言った。

アリスンは階段を駆けおりた。居間では二人のお客が低い声で何か言って笑っていた。いいご夫婦なんだわとアリスンは一瞬、ほっとした。

台所のドアを開けると、イヴィーが帽子をかぶって帰るところだった。

「お客さまのようですね」

「社長さんのご夫婦なのよ。あたし、イヴィー、ご招待した日を間違えちゃったみたい。ディナーに出せるようなもの、ぜんぜんないのに」

アリスンは泣きそうな声で言った。

イヴィーにとって、緊急事態は人生に旨味を添えてくれる、ありがたい刺激のようなものだった。母親をなくした子羊、くすぶっている煙突、教会堂の膝布団の虫食い——緊急事態はイヴィーの生き甲斐であった。

さてイヴィーはちらっと時計を見やると、敢然と帽子をぬいだ。

「お手伝いしましょう。ありがたいことに、坊やたちは朝までぐっすりでしょうから」

「イヴィー、助かるわ！」

「お客さんがいらしたこと、ヘンリーは知っているんでしょうね？」

「ええ、急いで着替えをしてるわ。飲み物を出しておけって」

「だったら、そうしましょうよ」

二人はお盆にグラスを載せ、ティオ・ペペの瓶に冷凍庫から出した氷を添えた。アリスンはナッツを見つけて皿に入れた。

「食堂を暖めておかないと」とアリスンは気もそぞろに言った。

「ホットプレートだけでは、すぐには暖まらないでしょうね。小さい石油ストーヴを使いましょう」とイヴィーが頼もしい口調で言った。「初めのうちはちょっと匂うでしょうけれど、でも食堂が寒くっちゃ、ご馳走も何もぶちこわしですからね。さあ、アリスン、飲み物を早く持って行かないと」

アリスンが入って行くと、フェアハースト氏が低いテーブルを引き出し、彼女の手からお盆を引き取ってくれた。

階段を降りる足音がしたと思うと、ドアが開いてヘンリーが入ってきた。夫がボタンを一つ二つはずして、あわてふためいて駆けこんでくるところを想像していたアリスンは、ヘンリーが一時間たっぷり身支度にかけたようにきちんとした身なりで、悠然と入ってきたのを見て、心底びっくりしてしまった。ヘンリーって、こういうところもあるんだわ。アリスン自身も少なからず落ち着きを取りもどしていた。ヘンリーが千載一遇のこの好機を無にせずに何とか乗り切るつもりなら、あたしだって。

ヘンリーは非の打ちどころのないホストだった。遅くなった詫びを言い、自分の分のシェリーを注ぎ、くつろいだ身ごなしで椅子に腰を下ろすと、快活な口調でフェアハースト氏に話しかけた。アリスンはディナーの支度を口実に、そっと席をはずした。

台所に入ると、アリスンはエプロンの紐を結びながらまわりを見まわした。イヴィーは食堂で石油ストーヴと格闘しているらしい。かすかに灯油のにおいが流れてきた。

サラダはできている。エビを解凍したり、ヒレ肉のステーキを料理する暇はない。でも冷凍庫には何かあるはずだ。

しかし急いでのぞいた冷凍庫の中には、岩のようにガチガチの鶏肉とフィッシュ・フィンガー、ポテトチップス、パン、アイスクリームくらいしか、入っていなかった。

ああ、神さま、何か――何か見つけさせて下さい。フェアハーストさんたちに、出せるようなものが何か、見つかりますように。

アリスンは、さまざまなパニックの中で自分がこれまでに何度か口走った多くの祈りを思い出した。ずっと以前から彼女は、青空の彼方に巨大なコンピューターがあるのではないかと想像していた。そうでなかったら、永遠の昔からささげられてきた数限りない嘆願を、神さまはどうやって手際よく捌《さば》いてこられたのだろう？

ああ、どうか、何かディナーに出せるようなものを見つけさせて下さい！

チリリリリと天上のコンピューターが鳴り、答えが与えられた！ プラスティックの容器に入ったチリコンカーン。二か月ばかり前につくって冷凍庫に入れておいたものだ。これなら手早く解凍できるし、鍋に入れてホットプレートの上に乗せておけば、熱いうちに食卓に運べる。これにライスを添え、それからサラダ。

あいにくライスはなかったが、タリアテーレ半袋が見つかった。「チリコンカーンとタリアテーレ、それに新鮮なグリーン・サラダ！」早口言葉のように一息で唱えると、何とかディナーのメニューとして合格しそうじゃないの。

スターターは？　スープ――でもコンソメ一缶では四人には足りない。棚を引っ掻きまわすうちに、二年前のクリスマスに友だちが冗談半分に贈ってくれたカンガルーの尻尾のスープの瓶詰、それにタリアテーレをテーブルの上に並べたとき、イヴィーが戻ってきた。

「これをどうしようって言うんです？」

「これでディナーをつくるのよ」とアリスンは、チリコンカーンを温めるのに、大ぶりの鍋を取り下ろしながら言った。「コンソメの半分はカンガルーの尻尾のスープなんだけど、でもべつにわざわざ報告する必要もないわけだし。それにチリコンカーンにタリアテーレ。どうかしら？」

イヴィーは鼻に皺を寄せた。「あまりぞっとしませんね。でも人によっては、招待された場合、たいていのものを食べてくれますからね」

「デザートはどうしましょう？」

「アイスクリームがあるじゃありませんか」

「でもまさか、ただアイスクリームを出すってわけにもいかないわ」

「ソースをおつくんなさい。熱いチョコレートのソースをかければ上等ですよ」

おいしいチョコレート・ソースをつくるには、チョコレート・バーを溶かすに限る。

「コーヒーはわたしが入れますわ」

「お客用のコーヒーカップは居間の戸棚の中なのよ。洗っている暇もないし」

「ティーカップでいいじゃないですか。たいていの人は大振りのカップの方が好きですからね。デミタスとかいう、あの小さいやつじゃ、飲んだ気がしませんもの。ところで、この鍋の中身は何です？」とイヴィーは鍋を掻きまぜながら、うさんくさそうにまた鼻に皺を寄せた。

「ベニバナインゲンよ」

「妙ちきりんな匂いですね」

「チリの匂いでしょ。すごくからいの。メキシコ料理なのよ」

「お客さん、食べてくれるといいですがねえ」

アリスンも心の底から、そう願った。

アリスンが居間に行くと、ヘンリーがワインの用意をしてくると言ってひっこんだ。

「チリコンカーンを召し上がっていただこうと思っているんですの。お口に合いますかしら」とアリスンは言った。祈るような気持ちだった。「ちょっとからいんですけど」

「まあ、うれしい！」とミセス・フェアハーストは両手を組み合わせた。「一度、テキサスで食べて以来よ」

「家内はね」とフェアハースト氏が言った。「からい料理ときたら目がないんでね。インドでも、めっぽうからいカレー料理を涼しい顔で平らげていたっけ。こっちは涙を流して四苦八苦していたんだが」

ヘンリーが戻ったのをしおに、アリスンは台所にひっこんだ。夫婦で滑稽なゲームでもやっているような、おかしな気分だった。

「食堂が少しくらい灯油くさくても、何も言わないに越したことはありませんよ。花がほしいところですが、オレンジを盛って置いときました」とイヴィーが言った。

しかしミセス・フェアハーストは、灯油のにおいをかぐと幼いころに育った田舎家を思い出して、とてもなつかしいと言ってくれた。

食卓の話題は和やかなうちに弾み、ワイト島でのセーリングの楽しさをフェアハースト氏が話しだしたときには、アリスンはすっかり楽しくなって、使いずみの皿をかたづけるのを忘れてしまい、ワインを注ぎにきたヘンリーがそっと足を伸ばしてテーブルの下の彼女の足を軽く蹴ったくらいだった。

汚れた皿を持って台所に行くと、イヴィーが訊いた。「どんな案配です？　おやまあ、みんな、食べてくれましたね。さあ、ソースが固まらないうちにアイスクリームをお出しなさい。コーヒーの支度をしておきますから」

「イヴィー、あなたが残って下さらなかったらどうなっていたか」

「これからは、小さな日記帳でも買って予定をちゃんと書いておくことですね。社長さんご夫妻をおもてなしするなんて機会はめったにないんですから、出たとこ勝負ってわけにはねえ」

真夜中だった。フェアハースト夫妻は三十分前に、「楽しかったわ。今度はお二人に、うちにいらしていただきたいわ、ねえ、あなた？」

「ああ、ぜひ。いずれ打ち合わせることにしよう、ヘンリー、アリスン、いろいろありがとう」と口々に言って、機嫌よく帰って行った。

ヘンリーがドアを閉めたとたん、アリスンはわっと泣きだした。ウィスキーを一杯注いでもらい、ヘンリーに慰められてようやく涙を納めた。

「あたしって、ほんとうにしょうがない奥さんね。ごめんなさい、ヘンリー」

「きみはよくやってくれたよ」

「でもおそろしく変わったディナーだったわ。食堂はあまり暖かくなかったし。灯油くさかったし……」

「それほど不快なにおいでもなかったよ」

「食卓の真ん中に花を飾るつもりだったのに、オレンジの盛り合わせを置いてごまかしちゃったし。それにあたし、着替えをする暇もなかったでしょう、最後まで部屋着で通してしまって」

「けっこう、スマートに見えたよ」

「いまの輸出部長さんが引退なさり、後任の候補のうちにあなたの名前もあがっているって聞いていたし、ミセス・フェアハーストが訪問したいっておっしゃったとき、あたし、すっかり興奮してしまったの。やわらかい、上等のお肉でおいしいステーキをつくるつもりだったのよ。デザートも、母の秘伝のレモン・スフレを出すはずだったの。買い物のリストもちゃんと書いてあったのに」

「ぼくに部長のポストが回ってくるなんて、もともと早すぎるんだよ。もっと経験を積んだ先輩が会社にゃ、ごまんといるんだから。それに輸出部長ともなれば、海外出張も度重なる。子どもが小さいうちは、父親がしょっちゅう留守するのは少々問題だしね」

「輸出部長の奥さんって、バイヤーの接待なんかもしなきゃいけないんでしょ。あなたはとにかく、あたしは見事に失格よね」

翌日は雨だった。ラリーはプレイ・スクールに行き、歯が生えかけで機嫌の悪いジェイニーをやっと寝かせて、アリスンが一息ついたとき、電話が鳴った。

「もしもし……」

「アリスン？」ミセス・フェアハーストだった。「ごめんなさいねえ！　ほんとにわたし、何てお詫びしたらいいか……」

「はあ？」何のことだろう？

「わたしが悪かったのよ。いま日記帳を見て気がついたの。あなたがた、わたしたちを今夜招いてくださっていたのね、昨夜じゃなく」

アリスンは大きく一つ息を吸いこみ、それから長々と安堵の吐息をついた。大きな重荷が一時に肩から取り去られたようだった。間違えたのは、ミセス・フェアハーストだったんだわ！

「ええ、実は」嘘を言っても仕方がない。

「なのに、あなたがた、そんなことは一言も言わずに大歓迎してくださったのねえ！　ご馳走はおいしかったし、あなたがた二人とも、とてもリラックスしてらしたし、わたしったら、今の今まで気がつかなかったのよ。日記帳に書きこむときに眼鏡がみつからなかったもので、横っちょの方に書いておいたらしいのね。赦して下さいね、アリスン」

「とんでもありませんわ。それにあたし、間違えたのはあたしだと思いこんでいたくらいですの」

「ジョックに話したら、あの人、かんかんになるでしょうねえ」

「誰にでもあることですわ」

「とにかくごめんなさいね。ドアを開けたら、クリスマスツリーみたいに着飾ったわたしたちが立っていたんですもの、悪い夢でも見ているんじゃないかと思ったでしょ？　ばかな年寄りを怒らないで気持ちよく赦してくださって、ありがたいと思っているわ」

「ばかな年寄りだなんて。あたし、お二人をすばらしいカップルだと思いましたのよ、ほんとうに！」

その夜ヘンリーが帰ってきたときに、アリスンはお客に出すはずだったビーフステーキを調理中だった。子どもたちはもうベッドで眠っていたし、ネコもミルクをもらってバスケットの中にまるくなっていた。ヘンリーはブリーフケースと夕刊のほかに、アリスンが見たこともないほど大きな深紅のバラの花束をかかえていた。片足でドアを閉ざして、ヘンリーは言った。「エヘン！」

「エヘン！」とアリスンも真似をした。

「フェアハーストさんたちが間違えたんだってね」

「そうなの。奥さん、書き違えをなさったんですって」

「お二人とも、きみを誉めちぎっておられたよ」

「あたしのことなんか、どうでもいいの。肝心なのは、あなたにたいする評価ですもの」

ヘンリーは花束を突き出して言った。

「これ、誰にささげる花束だと思うかい？」

「イヴィー？　こんなすばらしい花束、あの人にこそ、ふさわしいわ」

「イヴィーには、べつに届けさせたよ――ピンクのやつをね。これはね、フェアハースト・アンド・ハンベリ電気会社の新任の輸出部長夫人にささげる花束さ」

アリスンは一瞬夫と顔を見合わせ、それからすすり泣きとも、勝利の快哉ともつかぬ声を上げて、その胸に飛びこんだ。「ああ、ヘンリー!!」

ヘンリーはブリーフケースも、夕刊も、バラの花束まで、放り出して、若妻を抱きしめた。

何事かとバスケットから跳び出したネコはちょっとバラのにおいを嗅ぎ、食べられそうもないと見きわめて、つまらなそうにまたバスケットに納まって寝支度に取りかかったのであった。

外では雨が上がったらしかった。

午後のお茶

Tea With the Professor

列車がくるまで時間はありすぎるくらいだったが、ジェームズはいつも早めに駅に着くことを好んだ。駅前に車を止めると切符を買い、二人は並んでゆっくり傾斜路を歩いて行った。カバンは母親のヴェロニカが持ち、ジェームズは一方の腕にラグビーのボールを抱え、もう一方の腕にレインコートを掛けていた。

プラットホームは閑散としていた。九月といっても、風がまともに当たらないところではまだ暖かい。二人はベンチに腰を下ろして、しばらくの時を金色の九月の太陽のぬくもりに浸って過ごした。

ジェームズが時計に目をやってつぶやいた。「ナイジェル、遅いね」

「まだ五分あるわ」とヴェロニカは低い声で答えた。

足下の小石をむっつりと蹴っているジェームズの横顔を、ヴェロニカはつくづくと眺めた。伏せた長いまつ毛の先が、まだふっくらとした、子どもらしい頬にさわっていた。この子はやっと十歳なのだ。それなのに家を離れ、母親と別れて寄宿学校に帰って行くのだ。さよならは家ですませた。息子とひしと抱きあいながらヴェロニカは、自分の一部が断ち切られるような痛みを感じたのだったが。

一台の車が丘を上がって駅に近づいて、キーッとブレーキの音を立てて止まった。「ナイジェルだ」とジェームズが言った。

ナイジェルはジェームズとおない年だったが、休暇が明けて寄宿学校に行くときと、次の休暇がきて家に帰るときに一緒になるだけで、とくに親密な間柄とは言えなかった。

「お休み中にナイジェルを一度家に呼んだら？　遊び相手があるほうが楽しいでしょうに」とヴェロニカは言ったが、ジェームズは関心を示さなかった。「あいつ、去年、ぼくのアドヴェント・カレンダーの窓、全部開けちゃったんだよ。クリスマス・イヴのまで」というのが、彼がナイジェルを快く思っていない理由の一つだった。

ナイジェルと母親は、息せききってホームをこっちにやってきた。

「よかったわ、間に合って」とナイジェルの母親はぽとんとベンチに腰を落とすなり、バッグからライターを取り出してタバコに火をつけた。空色のしゃれたジャンプスーツを着て、バレリーナのそれのような金色の靴をはき、ふうわりしたセーターの袖を首のまわりで結び合わせていた。着古したプリーツ・スカートにスニーカーという、ヴェロニカとは大違いだった。

列車が入ってくると、ナイジェルの母親は走りよってすばやく禁煙車をみつけて、子どもたちを呼んだ。「ここがいいわ。ちょうど空いているしね。行ってらっしゃい、ナイジェル、元気でね！」こう言うなり、息子の両頰に音を立ててキスをした。ジェームズとヴェロニカは二人の頭ごしに黙って顔を見合わせた。

列車に乗りこむと、子どもたちは窓を開けて身を乗り出した。ナイジェルが前にがんばっているので、ジェームズは片隅に押しつけられた格好で、母親の顔にじっと視線を注いでいた。「愛してるわ！」とヴェロニカはそっと心の中でささやきつつ、「着いたら、はがきをよこすのよ」とさりげなく言った。ジェームズは黙ったまま、うなずいた。

列車が動きだすと、ナイジェルは身を乗り出して手を振ったが、ジェームズはすぐ顔をひっこめてしまった。すでに座席にすわってコミックを取り出して開いているに違いない。わたしたち、感情的な場面はお互い苦手なのよね——とヴェロニカは自分に言い聞かせた。

二人の母親は連れだって駅を出た。

「これでやっと少し落ち着けますわね」とナイジェルの母親が言った。「子どもがいないと、家の中が急にからっぽになったような気がしません？」それから、ひとり暮らしのヴェロニカに心なしなことを言ったと気づいたのだろう、急いで付け加えた。「そのうち、お電話するわ。食事にでもいらしてくださいな」

「ええ、ありがとう、ぜひ」とヴェロニカは答えた。「じゃあ、いずれまた」

「さようなら」

大型トラックを一台やり過ごして、ヴェロニカはくたびれたステーション・ワゴンのエンジンをかけ直した。どうせ、急ぐことはないのだ。今日があと半日、そして明日、明後日……むなしい日々が、真空のような、無目的な日々がひとしきり続く。それから少しずつ立ち直り、子どもたちと関係のない用事で、次の休暇までの毎日を意識的に満たす。台所の壁にペンキを一塗りしたり、花壇にバラを植えたり、教会のバザーの計画に一枚加わったり。

戦災記念碑の脇でハンドルを切って、ヴェロニカは海辺へと続く小道にステーション・ワゴンを進めた。両側の立ち木がまばらになったと思ううちに地面がだらだらと下方に傾斜し、車はクリーム色の砂浜ぞいに走っていた。今日の海は紺青の所々に紫色の縞をまじえ、白馬が背を並べているような白波が一面に立っている。

丈の高いフクシアの生け垣が現われたところで、ギアを低速に入れ替えてぐっと大きく曲がって白塗りの門から入り、灰色の四角い母屋の前でヴェロニカは車を止めた。

二人の子どもと過ごした休暇が終わり、数日前にまず娘のサリーが、ついで今日、息子のジェームズが寄宿学校にもどって行った。急に広くなったような家の中を、ヴェロニカはむなしい気持ちで見回した。ホールの掛け時計が、ことさらにゆっくりと時を刻んでいるようだった。老犬のトビーが足音を聞きつけて台所の床に爪音を立てて戸口から頭だけ出したが、ジェームズの姿がないことを知ってか、しょんぼり台所に引き返した。

家の中はひんやりしていた。古い家の壁は厚く、家具も一様に古びており、古いものにしばしば付きまとっている、上質の骨董屋の店先のような快い匂いがした。あたりはしんと静まり返り、時計のゆったりした振り子の音と台所の蛇口から滴っている水のかすかな音、それに冷蔵庫のブーンという音のほかは、何も聞こえなかった。

お茶でも入れようかしら――とヴェロニカは思案した。まだやっと三時過ぎだけれど。洗濯物を取りこんでアイロンを掛けてもいいわ。それとも二階のジェームズの部屋に行って、あの子が脱ぎ捨てた服を畳もうか……よれよれのジーンズ、灰色のソックス、履き古したサンダル、スーパーマンの絵入りTシャツ。

朝のうち、最後の一泳ぎをしたいというジェームズと一緒に浜辺に出かけた――皿洗いも、ベッドつくりも、掃除も、何もかもほっぽらかして。それからジェームズの好物のベークド・ビーンズとミート・チョップの昼食を取り……そして駅へ。

ヴェロニカは居間のフランス窓から、庭の芝生の上に降り立った。気力を使い果たした感じで何を考える気もせぬままに、ズックの布のたるんだデッキチェアに腰を落とすと、まぶしい日ざしを避けようと片腕を上げた。それをきっかけのように、急に遠くの音が聞こえてきた。村の学校から三々五々帰ってくる子どもたちの話し声、教会の時計が時を告げる音。あの時計はいつも少し遅れているのね。

一台の車が通りから近づいて門を入り、ライデール教授の側の玄関の前で止まった。教授もお出かけだったんだわ――とヴェロニカはぼんやり考えた。

ヴェロニカの夫が亡くなって二年がたっていた。夫の生前はロンドンのアルバート・ホールに近いフラットに住んでいたが、夫の死後、弁護士で友人のフランク・カーディーの助言に従ってふるさとの村にもどり、幼いころ暮らした広い家に住むことになった。それが自然でもあり、ふさわしいことと思われたからだった。

サリーとジェームズの二人の子どもは田舎暮らしを喜び、毎日のように浜辺で遊び、海で泳いだ。親切な隣人たちや少女のころから知っている昔馴染みのなつかしい人々に囲まれた暮らしは、彼女をほっとさせてくれた。

しかし生活を変えることに、当初、彼女は二つの理由から二の足を踏んだ。

「だってフランク、あの家は広すぎるわ。わたしと二人の子どもには大きすぎて」

「しかしそのまま二つに分割できるからね。もう一方を貸したらいい」

「庭だって……」

「庭も二つに分けてしまうのさ。間に生け垣をつくって。分割しても、十分広い芝生が残ると思うがね」

「でも誰が住んでくれるっておっしゃるの？」

「借りそうな向きに当たってみるよ。コーンワルの田舎暮らし、きっと誰か飛びつくさ」

飛びついた借り手というのがライデール教授だったのであった。

「ぼくがオクスフォードの学生だったころの友だちでね」とフランクは言った。「考古学者なんだ。現職はブルックブリッジ大学の教授さ」

「ブルックブリッジで教えていらっしゃるんだったら、コーンワルで暮らしたいなんて思わないでしょうに」

「大学から一年の休暇をもらったんだそうだ。本を一冊、書かなくちゃいけないとかで。そんなに不安そうな顔をすることはないよ、ヴェロニカ。独身だが、まったく手のかからない借家人だと思うよ。村の親切なご婦人の誰かが、掃除その他の世話を通いで引き受けてくれるだろうし。いるかいないか、わからないくらい、物静かな男だしね」

「でも万が一、わたしが毛嫌いしてしまったら……」

「ヴェロニカ、マーカス・ライデールに腹を立てる人間、面白がる人間、彼に啓発される人間はいくらもいるだろうが、彼を毛嫌いする人間なんて、世界広しといえども、まずいないだろうよ」

「だったら、まあ……」と彼女は不承不承うなずいたのであった。

そんなわけで家は二つに分割され、芝生もきっちり分けられて、いつでも移ってきていいという手紙がライデール教授のもとに送られた。それからしばらくして、教授からヴェロニカのもとにはがきが届いた。読みにくい字の、切手を貼り忘れたらしい絵はがきであった。やっとのことで判読した文面の趣旨は、日曜日にそちらに伺いたいと思っているというものだった。しかし日曜、月曜、火曜とたったが、借家人はいっかな現われなかった。待ちあぐねたあげくの翌水曜日の昼どき、セロテープで貼り合わせたようなおんぼろスポーツカーが家の前で止まった。そして教授がふらりと降り立ったのであった。眼鏡をかけてツィードの帽子を頭に乗せ、同じくツィードの少しだぶついたスーツを一着におよんでいた。遅れたことについては、とくに謝りもせず、言い訳もしなかった。

フランクが言ったとおり、少々腹を立て、面白がりながらも、ヴェロニカは黙って彼に貸家の鍵を渡した。子どもたちはあたらしい住人に魅きつけられて、荷ほどきを手伝ってくれと言われないかとうろちょろしていたが、彼は自分の領分に飄然と姿を消し、それっきり、ほとんど出てこなかった。

二日ばかりすると、教授はリスのようにちんまりとあたらしい住まいに落ち着いたらしく、郵便配達をしているトマスのおかみさんが家事をしに通ってくるようになった。パンや大きなフルーツケーキを焼いていくこともあるようだった。その週が終わるころには、ヴェロニカも、子どもたちも、教授の存在をほとんど忘れてしまっていた。

その後の数か月というもの、ヴェロニカは真夜中のとんでもない時刻に突然カタカタと鳴りだすタイプライターの音と、スポーツカーが騒々しい音を立てて門から走り出て村の方向へと向か

い、何やら神秘的な用向きで二、三日留守にするときにようやく、ああ、家を半分貸していたんだっけと思い出すのであった。

そんなふうで月日がたっていった。教授はヴェロニカとはあいかわらず没交渉だったが、子どもたちとはおりおり交流があるらしかった。ある日、サリーが自転車から落ちて怪我をした。たまたま通りかかった教授は彼女を溝から助け上げ、自転車の曲がった前輪を直し、血の出ている膝をしばるように、ハンカチーフを貸してくれた。

「とてもやさしくしてくれたのよ、お母さん。本当に親切だったわ。あたしがワアワア泣いているのを見ないふりをして。すごく思いやりがあると思わない？」

ヴェロニカは教授にお礼を言いたいと思ったが、その後三週間というもの、ついぞ顔を合わせなかったし、やっと会ったときには、そんな以前の出来事など念頭にないだろうと、口に出さずじまいだった。

けれどもある日の夕食のとき、ジェームズが栗の枝でつくった弓と、小枝の先を恐ろしく鋭く尖らせた矢を何本か持って帰ってきた。

「それ、何なの？」

「弓と矢だよ」

「ずいぶん尖った矢ねえ。怖いみたい。いったい、どこで手に入れたの？」

「ライデール教授にもらったんだよ。あの人がつくってくれたのさ。使わないときは、こうやって弦をゆるめておくんだって。ね？　すごいでしょ？　何マイルも先まで飛ぶんだよ」

「人をねらっちゃだめよ、絶対に」とヴェロニカは心配そうに言った。

「ねらいやしないよ。たとえ、殺したいくらい、憎んでいる人間がいたってさ」とジェームズは答えた。「ぼく、的をつくるんだ」こう言って、弦を弾いてブーンと唸らせた。ハープの弦でも弾いたような、いい音がした。

「それで、ありがとうって言ったんでしょうね？」

「もちろんさ。あの人、とってもいい人だね。いつか、お茶か、食事に呼んだら？」

「だめよ、ジェームズ、きっと負担にお感じになるわ。本を書いていらっしゃるんだし、何よりも邪魔をされたくないでしょうよ。招いたりしたら、ひどく居心地のわるい思いをなさると思うわ」

「そうかもね」と言って、ジェームズはもう一度、弓の弦を弾いてから、大事そうに二階の自分の部屋に持って上がった。

　家の中の、教授の借りている側で、窓が閉まる音がした。しばらくして教授が居間——家が二分されなかったころには食堂だった——のフランス窓から降り立った。次の瞬間、眼鏡をかけた顔が生け垣ごしにのぞいた。「お茶を一杯、いかがですか？」

　ヴェロニカは最初、彼が誰かほかの人間に話しかけているのだと思った。あわてて見回したが、もちろん、誰がいるわけでもない。わたしを誘っているんだわ！　一緒に芝生の上でワルツを踊ろうと言われたとしても、これほど驚きはしなかったろう。ヴェロニカはまじまじと相手の顔をみつめた。教授は今は無帽で、黒い前髪がそよ風を受けてとさかのように突っ立っていた。ちょうど別れぎわに車窓から顔をのぞかせたジェームズの髪の毛のように。

「お湯をわかしたんです。よかったら、ここに運んできますよ」と教授は重ねて言った。

　ヴェロニカは慌てて答えた。「失礼しましたわ。あまり突然だったものですから。ええ、喜んでご馳走になりますわ」と立ち上がりかけたが、教授が止めた。

「そのまま、そこにいらして下さい。せっかくゆっくりしていらしたんですし、私が運んできましょう」

ヴェロニカがふたたびデッキチェアに腰をおろすと、教授はまたぷいと姿を消した。ヴェロニカは意外な事の展開に、思わず微笑を浮かべていた。自分の慌てようを笑っているのか、この場の成り行きの唐突さに心をくすぐられているのか、判然としなかったが、スカートの裾をそっと引っぱって座り直した。いったい、何を話題にしたらいいかしら？

教授がもどってきた。二つの庭を区切っている生け垣の端の狭い隙間を通り抜けて。せいぜいお茶の入った茶碗を運んでくるだけだろうと予想していたのだが、どうしてどうしてお盆の上には茶碗二つとポットと茶漉しまで揃えてあって、教授は片方の肩にスコットランド製かと思われる格子縞の敷物を掛けていた。

お盆をヴェロニカの側の芝生の上に置くと、教授は敷物を広げ、痩せぎすの体をジャックナイフのようにひょいと折ってその上に腰を下ろした。コーデュロイのズボンの膝がすり切れかけているのを不器用に繕ってあり、チェックのシャツのボタンが一つ、なくなっていた。そんな身なりなのに、少しもみじめったらしく見えないのは不思議だった。いうならば、人のいいジプシーといった感じであった。閉じこもってばかりいるようなのに、ずいぶんよく日に焼けた顔だこととヴェロニカはぼんやり考えた。

「これでよしと。お茶を注いでくださいますか？」と教授はらくらくと足を伸ばして言った。お茶碗と受け皿がちぐはぐだったが、ミセス・トマスの手作りのフルーツケーキまで添えられていた。

「ありがとうございます。わたし、いつもはお茶の時間なんて、とくに取ったことがないんですの——子どもたちがいないときは」

「二人とも、寄宿学校にもどったんですね」それは質問というより、事実の確認だった。「ええ……」彼女は顔をそむけてお茶を注ぎにかかった。「さっき、ジェームズを駅に送ってきましたの」

「学校は遠いんですか？」

「いいえ、カーマスですから。お砂糖はお入れになります？」

「ええ、少なくとも茶匙に四杯は」

「じゃあ、ご自分でお入れになった方が」こう言って、ヴェロニカは茶碗を渡した。教授は茶碗に、びっくりするほどたくさん砂糖を入れた。「あのう、わたし、先だってジェームズに弓と矢をつくって下さったお礼も申し上げていなくて」

「腹を立てておられるんじゃないかと思っていました——子どもにあんな危険なものを与えてと」

「いいえ、ジェームズは慎重なたちですから」

「わかっています。そう思ったから、渡したんですよ」

「それに……」とヴェロニカは茶碗を持ち直した。年取った伯母さんあたりの形見なのかもしれない。バラの模様がついた、ちょっと古風な茶碗だった。「サリーが自転車から落ちたときもお世話になったそうで。とうにお礼を申し上げていなきゃいけませんでしたのに……でも、ちっともお目にかからないものですから」

「礼なら、サリーが自分でちゃんと言いましたよ。それに私になついてくれましたしね。二人ともいないと、ばかに静かですね」

「すみません。あの子たちの休暇中は騒々しくて、お仕事に差し支えましたでしょう?」

「いや、仕事をしているときには、むしろ楽しい伴奏のようでしたよ」と言って、教授はケーキを分厚く切り、それから唐突に言った。「ジェームズは寄宿学校に行くには、少し幼すぎるような気がしますが。まだ体も小柄だし、今の時点で家を離れる必然性はないように思いますがね」

ヴェロニカは教授の顔を見返して、こんな差し出がましいことを言われたのにむっとしないのはどうしてだろうと思いめぐらした。無責任な好奇心からでなく、息子への関心からだということが伝わってくるからだろうか。干渉しようという気はまったくないのだろう。

「こっけいに聞こえるでしょうけれど、本当は、ひどく簡単な理由からですわ。あの子をわたし、とても愛していますの。どうかすると赤ん坊扱いしたくなるくらい。サリーももちろん、かわいいですわ。でもサリーはわたしとはとてもたちが違いますの。それだから、うまく行っていると も言えるでしょうね——仲のいい友だち同士のように。でもジェームズとわたしは——同じ幹か ら生え出た二本の枝のように似ていますの。夫が——」と言いさして、ヴェロニカは茶碗を下に 置いた。髪の毛がカーテンのように垂れ下がって、教授の目から彼女の顔を覆い隠していた。い までも夫のことを口にすると涙がこみあげてきそうだったのだ。「夫が亡くなってからというも の、ジェームズにはわたししかいないわけで」と言葉を続けて、ヴェロニカは髪の毛をかき上げ ると、教授の顔をまともに見返し、それからふと微笑した。「でもわたし、お互いにべったりといっ た親子関係をいつも恐れてきたものですから」

教授は考えこんでいるようにじっと彼女の顔を見守っていたが、何も言わず、微笑も返さなかっ た。

ヴェロニカは強いて朗らかに言った。「とてもいい学校ですの。こぢんまりしていて。あの学 校だったら、ジェームズもきっと楽しくやって行けると思いますわ」

心からそう思ってはいるものの、ときとして懸念が兆すことがあった。駅までの道すがら、そ して駅頭での別れの瞬間を思い出して、もう一度、あんな思いをするのは耐えられそうにないと いう気もしていた。窓からのぞいていたジェームズの小さな顔がしだいに小さくなり、ぼやけて ……

「もっと大きな町なら、通学できるような適当な学校が近くにあるんでしょうがね。友だちもできるし、家でやりたいことを思う存分、やれるでしょうし」

「家に帰っても父親がいないってことを、考えてしまうからなんですわ」とヴェロニカは口走っていた。

「しかし、あなたご自身、ジェームズがいないとお寂しいでしょう」

「寂しがるって、場合によっては自分勝手じゃありませんかしら……あのう、よかったら、このことはもう……」

「もちろんですとも」と教授は磊落《らいらく》に言った。自分が持ち出した話題だってことを、すっかり忘れているみたい――とヴェロニカは思った。「何のことを話しましょうか?」

「ご本の方は進んでいまして?」

「もうすみました」

「はあ？」

「ええ、書き上げたんです。タイプに打ち、訂正もすませ、今度は人にタイプ原稿にしてもらって出版社に送りました。いずれ出版しようという返事ももらっています」

「まあ、おめでとうございます。いつお聞きになったんですの？」

「今日です。つい今しがた、電話電報で。それで郵便局まで出かけて、確認のために、こいつをもらってきたんですよ」とジャケットのポケットから電報用紙を取り出して振って見せた。「私は何でも書面にしてもらわないと安心できないたちなんです。自分のたわけた想像や夢ではなかったってことを確かめるために」

「よかったこと。それでこれからどうなさるおつもりですの？」

「休暇がまだだいぶ残っていますからね。休みが終わってから、ブルックブリッジに帰るつもりです」

「でもまだ三か月も残っていますんでしょう？」

「どうしますかね」と教授はにっこりした。「タヒチ島にでも行って、浜辺で漂流物でも拾いますか。このまま、ここにいてもいいわけですが、ご迷惑ですか？」

「迷惑だなんて……」

「私が無愛想で、とかく失礼なことばかりしているので、一日も早く出て行ってもらいたいとお待ちかねではないかと、想像していたんです。社交的に振舞ったり、何かをきちんとやったり、予定を立てたりするのは、私の場合、たいへんな集中力を必要とするものですから。考古学の教科書を書いているときには、ほかのことに気を散らされるわけにいかないもので。おわかりでしょうか？」

「ええ、よくわかりますわ。それにあなたを無愛想だなんて、思ったこともありませんわ。わたしの方こそ、失礼ばかりしてきたみたいで。ジェームズが夕食にお招きするように言ったのに、お忙しいからきっとご迷惑だろうと、撥《は》ねつけたりして」

「そのころにはおそらく」と言って、教授はちょっと間の悪そうな表情になって口をつぐみ、眉を寄せながら、とさかのような髪の毛を撫でつけた。「実は昨夜、ジェームズがさよならを言いに寄ってくれましてね」

今度はヴェロニカが眉を寄せた。「まあ、あの子、わたしには何も申しませんでしたけど」

「ジェームズは、一度、私を夕食に招きたかったが、誘ってもたぶん喜ばないだろうとお母さんが言うので、招かなかったと言いましたっけ」

「まあ、あの子ったら、そんなことを――」

「それから男対男の話し合いという感じで、私の方からあなたを夕食に招いてもらえないだろうかと提案したのです」

「何ですって？」

「あなたが独りぼっちで暮らしておいでだということを、それなりに気遣っているんですよ、ジェームズは」

「そんな権利、あの子にはないはずですのに！」

「ありますとも。あなたの息子さんなんですから」

「でも……」

ライデール教授は構わずに続けた。『もちろん、そうするよ』と私はジェームズに言いました。そして今夜、その約束を実行しようと思い立って、ポースケリスに開店したばかりのレストランに夕食の予約をしてきたんです。あなたがお断りになると、予約を取り消さなければならなくなり、私は当然、困った立場に置かれます。店長がむかっ腹を立てるでしょうから。いやとはおっしゃらないでしょうね？」

一瞬、ヴェロニカはものも言えなかったが、まじまじと相手の顔を見返しながら、フランクが言ったことを思い出していた。「マーカス・ライデールに腹を立てる人間、面白がる人間はいるだろうが、彼を毛嫌いする人間はいないよ……」

ふと彼女は、こんなに気持ちのいい人には、ここ何年となく会ったことがないと思い返していた。数か月間にわたって家を貸してはいたが、彼女は借家人の人となりについては考えもしなかった。しかし子どもたち、とくにジェームズは彼の温かい人柄をいち早く感じ取っていたのだ――初めて会ったときから。ヴェロニカはふと笑いだした。なぜか、笑いがこみあげてくるのだった。

「ええ、お断りはいたしません。したくても、できませんわ」

「だが、断りたいとは思っていらっしゃらない」と教授は言った。今度もまた、それは質問ではなく、事実の確認であった。

白い翼

The White Birds

初霜がおりる前にと庭に出て遅咲きのバラを切っていたイーヴ・ダグラスは、家の中で電話が鳴っている音を聞いた。すぐに駆けこまなかったのは、たまたま月曜日でミセス・アブニーがきているからだった。ミセス・アブニーがくる日は掃除機がにぎやかに唸り、ワックスのにおいが家中に漂う。ミセス・アブニーは電話に出るのが好きだった。

思ったとおり、ちょっと間を置いてから居間の窓がぱっと開き、ミセス・アブニーが黄色い空《から》拭《ぶ》きの布を振った。

「奥さん、お電話ですよ!」

「はい、いま行きます!」

片手にバラの枝をもったまま、イーヴは落ち葉が散りしいている芝生を急いで横切り、台所の上がり口で泥だらけのブーツをぬいだ。

「ジェインのご主人みたいですよ。スコットランドから」

一瞬、はっとして、イーヴはバラと植木鋏をホールの棚の上に置いて、居間に入って行った。家具が片寄せられ、床磨きの邪魔にならないようにカーテンの裾をしぼって、椅子の背に乗せてあった。電話機はイーヴの机の上に置かれている。

「デヴィッドね?」

「ああ、イーヴ!」

「何か――？」

「実はその――ジェインのことなんですが……」

「ジェインがどうかして？」

「とくに心配することはないと思いますが、昨夜少し痛みだして、ひょっとしたらと――。痛みは一応納まったようですが、けさ往診してもらったら血圧が高いということで、そのまま入院してしまったんです……」

デヴィッドが口をつぐむと、イーヴは思わず口走っていた。「でも、予定ではまだ一か月は間《ま》があるはずじゃなかったの？」

「ええ、そのとおりです」

「わたし、すぐそっちに行きましょうか？」

「そうしてもらえますか？」

「ええ」と答えつつ、イーヴは早くも頭の中で冷蔵庫の中の食品を気忙しく数え上げ、友だちとの約束を取り消す心づもりをし、自分の留守中の夫のウォルターの食事その他について思いめぐらしていた。「もちろんよ。五時半の列車に乗りましょう。八時十五分前には着けると思うわ」

「じゃあ、ぼく、駅に出ていますから。すみません、イーヴ、助かりますよ」

「ジェイミーは元気？」

「ええ、元気です。さしあたっては、ネッシー・クーパーが面倒を見てくれてます」

「じゃあ、くわしいことは着いてからね」

「急なことで申しわけありません」

「気にしないでちょうだい。ジェインによろしくね。それから、デヴィッド」無意味だと思いながら、イーヴは付け加えずにはいられなかった。「あんまり心配しないように」


ことさらにゆっくり、イーヴは受話器を置いた。開いた戸口に立っているミセス・アブニーのいつもの屈託のない顔が心配そうに曇っているのを見て、たぶん自分も同じように、懸念をそのまま絵に描いたような、ひどい顔をしていることだろうとイーヴは思った。何も言う必要はない。説明も要らない。ミセス・アブニーとは古い馴染みだった。彼女は二十年以上にもわたってイーヴのために家事を手伝ってくれ、親身にジェインの成長を見守ってきた。ジェインの結婚式には、トルコ石色のツーピースに共色《ともいろ》のターバンという一世一代の晴れ姿で出席した。ジェイミーが生まれたときには、乳母車用にと水色の毛布を編んで贈ってくれた。つまりあらゆる意味で、ミセス・アブニーは家族同様の存在であった。

「何か変わったことでも？」とミセス・アブニーは遠慮がちに訊いた。

「ええ、ジェインの出産がどうやら、差し迫っているようなの。まる一か月、早いわけだから、ちょっとね」

「だったら、すぐに、あちらにいらっしゃったほうがいいんじゃないですか」

「ええ」とイーヴは小さくつぶやいた。「そうね」

来月になったら、どのみち行くつもりではいた。留守中は南部に住むウォルターの姉がきて家の切り盛りをし、食事づくりを引き受けてくれるはずだった。しかし事情が変わったからといって、予定を変更して、早急にきてもらうわけにもいかないだろう。

「お留守中のことは、心配要りませんよ」とミセス・アブニーが先回りして言った。「わたしができるだけ気をくばりますから」

「でもあなただって、手いっぱいなのに」

「朝のうち、伺うわけにいかなくても、午後から、ちょっとでも顔を出すようにしますから」

「ウォルターだって、朝食くらいは自分で用意できると思うのよ、ただ——」と言いかけたが、こんな言い回しは、ウォルターには卵を茹でるくらいがせいぜいだとほのめかしているようなものだと気がさして、イーヴは言葉を切った。そういうわけではないのだ。ミセス・アブニーにも、それはわかっている。ウォルターは農場の仕事に手を取られ、朝の六時から日没時まで、ときにはそれ以後まで働きづめに働いている。ああした大柄な体格だし、一日中、筋肉労働に従事しているのだから、食事はおろそかにできない。誰かが家にいて心をくばる必要があるのだ。「どのくらいで帰ってこられるか、見当もつかないし……」

「肝心なのは、ジェインが何のさわりもなしに元気な赤ちゃんを産み落とすことなんですから」とミセス・アブニーは力をこめて言った。「この際ですもの、ぜひ、いらっしゃるべきですわ。ねえ、行ってあげてくださいな」

「ああ、ミセス・アブニー、ありがたいわ！　あなたがいらっしゃらなかったら、わたし、これまでだって何一つできなかったでしょう……」

「何をおっしゃいますやら。もちろん、いろんなことがおできになったはずですとも」とミセス・アブニーはあっさり言った。ノーサンブリア生まれらしく、感情をあらわにすることを好まなかったのだ。「いかがです、元気づけにお茶を一杯っていうのは？」

ミセス・アブニーが入れてくれた熱いお茶をすすりながら、イーヴは留守中のためにリストをつくり、お茶を飲みおわると車を出して近くの町のスーパーマーケットに出かけて、ウォルターが自分で用意できそうな食品――スープの缶詰、冷凍パイ、冷凍野菜など――を大量に買いこんだ。パン、バター、チーズなどの買いおきもした。卵と牛乳は農場のもので間に合うが、肉屋でステーキ用の牛肉のほか、厚切り肉、ソーセージを買い、犬たちのために屑肉と骨をもらい、必要に応じて配達してもらうように頼んだ。

「お出かけですか？」髄の入っている骨を肉切り包丁で二つに切りながら肉屋の主人が訊いた。

「ええ、スコットランドの娘の所に」店に客が立てこんでいたので、イーヴはなぜ出かけるかという説明はしなかった。

「ときには遠出もいいでしょうね」

「ええ」とイーヴは小さく答えた。「ええ、ときにはね」

家にもどると、早めに仕事を切りあげたらしいウォルターが台所のテーブルに向かってシチューや茹でじゃがいも、ミセス・アブニーがオーブンの下段に残して行ってくれたカリフラワーのチーズグラタンなどを、せっせと平らげているところだった。

古びた仕事着を着ているとごくありきたりの農夫としか見えない彼も、かつては（ずいぶん昔のことのように思える）背の高い、粋な陸軍大尉であった。イーヴは白いウェディング・ドレスにヴェールの裾を長く引いて、軍服姿の彼と結婚式をあげ、教会の正面玄関からずらりと続く、伝統的な銃剣のアーチの下をくぐって新婚旅行に出発したのであった。ドイツ、香港、ウォーミンスターといくつかの勤務地の既婚者住宅に住み、自分たちの家と呼べる住まいをもたぬうちにジェインが生まれた。その後間もなく、ノーサンバランドの農場主だったウォルターの父親が、老後は農場のことに煩わされずにのんびり過ごしたいと思っているのだが、引きつぐ気はないかとウォルターに訊いてよこした。

イーヴと慎重に相談を重ねたすえにウォルターは一大決心をして除隊し、二年間、農科大学で勉強した後、農場を引き受けた。ウォルターもイーヴもこの決断を後悔したことは一度もなかったが、きつい肉体労働はウォルターにはかなりこたえたようで、まだ五十五歳というのに、たっぷりした髪には白髪がすでにかなり目立ち、日焼けした頬には皺が深く刻まれ、荒れた手にエンジン・オイルがしみこんでいた。

重たいバスケットを下げて入って行った妻に、ウォルターは微笑を向けた。「お帰り」

イーヴは向かい側の椅子に腰を下ろした。「ミセス・アブニーにお会いになった？」

「いいや、ぼくがもどる前に帰ったようだ」

「わたしね、ウォルター、スコットランドまで行ってこなくちゃならないみたい」

夫婦はテーブルごしに目を合わせた。

「ジェインがどうかしたのかね？」と、ウォルターが心配そうに訊いた。

「ええ、ちょっとね」

ショックと不安に、ウォルターの顔がさっと青ざめるのをイーヴは見て取った。大きな体が急に縮んだようで、正視していられない気持ちだった。夫を安心させたい一心で、彼女はことさらに口早に言った。「赤ちゃんが少し早く生まれそうだってだけですもの、心配は要らないと思いますよ」

「本当に大丈夫なんだろうね？」

ごくさりげなく、イーヴはデヴィッドの電話の内容を伝えた。「予定日より早くなるのは、よくあることですしね。それに入院しているんですもの、目は届きますわ」

だがウォルターは、イーヴが敢えて考えまいとしていたことを口にした。「しかしジェイミーのときには、たいへんな難産だったじゃないか」

「ああ、ウォルター、お願いよ、そのことは言わないでくださいな！」

「ひと昔前だったら、もう一人子どもを産むのはやめておけと言われたろうに」

「でも近ごろは、すべての点で昔とは大違いですから。お医者さんたちも万事、心得ていらっしゃるでしょうしね……」とイーヴは自分でも曖昧な言い回しだと思いながら、なお言葉を続けた。夫だけでなく、自分自身をも安心させたかったのであった。「CTスキャンとか何とかいう検査法もあることですし……」ウォルターの顔が曇ったままなのを見て、イーヴは付け加えた。「それにジェイン自身が、是が非でも子どもをもう一人、ほしいと言いはっているんですから」

「ぼくらだって、二人目がほしかった。だが結局あきらめたんだ」

「ええ、そうね」とイーヴは立ち上がって夫にキスをし、首のまわりに両腕を回して頭を下げさせ、髪の中に顔をうずめてささやいた。「あなたの髪、貯蔵牧草の匂いがするわ。ねえ、わたしの留守中は、ミセス・アブニーが気をつけてくれますって」

「ぼくも一緒に行きたいが」

「とんでもないわ。デヴィッドにもそれくらい、わかっていますとも。あの人自身、農場主なんですから。もちろん、ジェインだって。お願いよ、ウォルター、一緒に行くべきだなんて、考えないでくださいな」

「きみを独りで行かせたくないんだよ」

「独りじゃないわ。わたしね、たとえ百マイル離れていたって、あなたがどこかで見守っていてくださると思うだけで心強いのよ」ついと身を引き離して、イーヴは夫の仰向けた顔にほほえみかけた。

「ジェインが一人っ子でなかったら、これほど気にならないだろうね」

「いいえ、同じだと思いますわ。ジェインはもともと特別な子なんですから――ほかに類がないくらい」

ウォルターが仕事にもどると、イーヴは買ってきた品物をしまったり、ミセス・アブニーに残すリストをつくったり、冷蔵庫の中に貯蔵品を入れたり、よごれた皿を洗ったり、くるくると忙しく働いた。一段落したところで二階に行って、スーツケースに衣類その他をつめたが、時計を見ると、まだやっと二時半だった。階下に降りてコートを着こみ、ブーツをはくと、イーヴは口笛を吹いて犬たちを呼び、畑の間を北海の海岸の方へと歩きだした。畑の先に草刈り鎌の形をした浜辺があるが、イーヴも、ウォルターも、ジェインも、いつもこの浜辺を自分たちのもののように考えてきたのだった。
十月の海岸はひんやりと静まりかえっていた。初霜のせいで木々は金色がかった琥珀色に輝い

ていたが、空はどんよりと曇り、海は鋼鉄のような、冷たい灰色にくすんで見えた。ちょうど引き潮どきで、砂浜は洗い立てのシーツをぴんと張ったような、清潔な感じがした。その砂の上に点々と足跡を印して走りだした犬たちの後について、イーヴは歩いて行った。はげしい風が髪の毛を顔の前に吹きつけ、耳もとで鳴っていた。

イーヴは歩きながら、ジェインのことを思っていたのであった。母親の彼女の知らないスコットランドの病院のベッドに横たわって不安な時を過ごしているであろうジェインではなく、幼い日のジェイン、ティーンエージャーの彼女、娘らしく成人した彼女、豊かな茶色の髪をいつももつれさせ、青い目を輝かして晴れ晴れと笑っていた彼女を。

幼いころのジェインは少しもじっとしていない、活発な子だったが、ときには母親の古いミシンに向かって神妙な顔で人形の服を縫ったり、ポニーの汚れた体をせっせと洗ったり、雨の午後、台所でロックバンズを焼いたり、案外、家庭的なところを見せることもあった。足ばかり、ひょろ長く伸びたティーンエージャーのジェインには友だちがたくさんいて、いつも何人かが家に出入りし、電話がひっきりなしに鳴っていた。その年ごろの子らしく、ひどく無鉄砲なことをやって大人を呆れさせたり、困らせたりもしたが、それでも誰からも愛される少女だった。いつもかわいらしく、元気いっぱいでいながら、驚くほどやさしいところ、感じやすいところもあって、ボーイフレンドには事欠かなかった。「この調子だと、間もなく結婚式ってことになりそうですね」とミセス・アブニーはよくからかったが、ジェインは彼女なりに、結婚についてははっきりした考えをもっていた。

「あたしね、少なくとも三十までは結婚しないつもりよ。ほかにしたいことがなくなったら、そのときにはお嫁に行ってもいいけど」

しかし二十一歳になったある週末にスコットランド旅行に出かけたジェインは、デヴィッド・マーチソンと出会って熱烈な恋をした。そしてイーヴはほどなく結婚披露のパーティーのために、家の前面の芝生に大きなテントを張る算段をしたり、ニューカッスルの町の何軒かの洋装店に当たって、ジェインの気に入りそうなウェディング・ドレスを探したり、ひとしきり目が回りそうに忙しい思いをした。

「おやまあ、農場の奥さんですか！」とミセス・アブニーは、つくづくびっくりしたと言わんばかりに目をみはった。「農場で生まれ、農場で育ち、いい加減、目先の変わった生活に入りたいんじゃないかと思っていましたがねえ」

「この場合はね、こっちの堆肥の山から、あっちの堆肥の山に跳び移るってだけのことなのよ！」とジェインはほがらかに言ってのけたのであった。

ジェインは小さいときから、ほとんど病気をしたことがない娘だった。けれども四年前、ジェイミーが生まれたときはたいへんな難産で、産後の肥立ちも思わしくなくて、二か月もの間、退院を許されなかった。娘の入院中、イーヴはスコットランドに行って家事いっさいを引き受けたが、ジェインはなかなか元気を回復せず、イーヴはひそかに、子どもはこれっきりにしてほしいと思ったものだった。しかしジェイン自身は、そんなことはまったく考えていなかった。

「ジェイミーを一人っ子にしたくないのよ。あたし自身は、一人っ子だったためにずいぶん得をしてきたと思っているわ。でも大家族の一員の方が楽しいし、それにデヴィッドも次の子をほしがっているし」

「でもねえ、ジェイン……」

「取り越し苦労をしてるんでしょ、ママは。大丈夫よ、あたしはもともと、馬みたいにタフなんですからね。ただ、体の内側があまり協力的でないってだけで。でもどっちみち、二か月かそこら辛抱すればいいんですもの。その後は生きている間じゅうずっと、すばらしい経験ができるわけよ」

生きている間じゅうずっと……イーヴは突然、いても立ってもいられない気持ちに駆り立てられた。かつて読んだ詩の一節が潜在意識の底から浮かび上がって、あたかも太鼓を打ち鳴らすように、ドーンドンと頭の中に響きわたった。

あなたの朽ちかけている亡骸《なきがら》の上で
咲きにおう花のあでやかさがいっそう辛く……

イーヴはぶるっと身を震わせた。寒いわ。骨の芯まで冷えきってしまいそう。いつの間にか浜辺の中ほどまできていた。満ち潮のときにはすっかり隠れてしまう岩が、いまは難破船のように肩をそびやかしていた。岩の上には笠貝がみっしりこびりつき、ごつごつした輪郭を緑色の海藻が縁どり、カモメの番《つが》いがてっぺんに止まって、黒い目を細めつつ、風に向かって挑むように鳴いていた。

イーヴは足を止めて、じっとカモメの姿を眺めた。カモメにかぎらず白い翼の鳥は、どういうわけか、これまでいつも彼女の生活の重要な、象徴的とさえ言える一部をなしてきた。彼女は子どものころ、夏休みをきまって海辺の村で過ごしたが、青空を背にゆうゆうと舞うカモメの姿に、たまらない魅力を感じた。いまでもカモメの鳴き声を聞くと、日光を浴びてただただ楽しく過ごした幼い日々が、なつかしく思い出されるのだった。

鳥といえばあの冬、デヴィッドとジェインの住むスコットランドの農場の上空を渡って行った雁の群れも忘れがたかった――とイーヴは思い出していた。朝となく、夕となく、巨大な編隊を組んで飛んで行く渡り鳥の群れ。おりおりすうっと降りてきて、デヴィッドの地所に接する広い入り江の藺草《いぐさ》の茂みの中で、いっとき翼を休めて行ったものだ……それからクジャクバト。ウォルターと彼女は新婚旅行の短い休暇を、プロヴァンスの小さなホテルで過ごした。二人が泊まった部屋の窓は石畳の中庭に向かって開けていたが、その中庭の中央に鳩舎があって、彼らは毎朝、鳩のクークーという鳴き声やかすかな羽音、いっせいに飛び立つときの牧歌的な羽ばたきの音を目覚まし時計代わりに、起きだしたものだった。

旅の最後の日、二人して買い物に行ったとき、ウォルターは白い陶製のクジャクバトの番いの置き物を、彼女のために選んでくれた。それはいまでも一羽ずつ、彼らの居間の炉棚の両端に飾られ、彼女にとって何物にも代えがたい貴重な価値をもっている。

白い鳥。戦争中、彼女はまだ幼かったが、出征した兄の一人が行方不明を伝えられたことがあった。不安と懸念が潰瘍《かいよう》が広がるように家中にみなぎり、家族を落ち着かない気持ちに駆りたてていた。しかしある朝、イーヴは寝室の窓から、向かいの家の屋根にとまっている一羽のカモメの姿を見た。寒い冬の朝で、朝日が燃える火の玉のように早朝の空に昇りかけていた。カモメは突然ふわりと舞い上がった。翼の裏側がバラ色に染まっていた。その輝かしさ、美しさにはっとしつつ、心のうちに言いようのない慰めの思いが広がるのを、イーヴは感じていた。そしてそのとき、彼女は兄の無事を確信したのであった。

一週間後、両親宛てに、ご令息の生存を確認したという公報が伝えられた。捕虜になってはいるが命に別状はないということだった。両親はもちろん驚喜《きょうき》し、妹である彼女のしごく冷静な受けとめ方を訝《いぶか》った。けれどもイーヴはカモメのことを、ついに両親に話さずじまいであった。

いま、わたしの目に映っているこのカモメは——とイーヴは自問した——何かの象徴だろうか？　いいえ、鳥は何も伝えてくれない。安心させてもくれない。

列車が駅に着いたときにはあたりはすでに薄暗かったが、プラットホームに立っている、上背のあるデヴィッドの姿を、イーヴは車窓からいち早く目に留めた。風を避けるように古びた仕事着の襟を立て、背を少しかがめるようにして、彼はホームの電灯の下にたたずんでいた。暖かい車内から風の吹きすさむプラットホームに降りたって、イーヴは思わず身を縮めた。この駅の構内は、真夏でも、刺すような風が吹きすさんでいる。

デヴィッドが近づいた。「イーヴ」

二人はキスをかわした。デヴィッドの頬は、氷のように冷たかった。それにすっかり憔悴して一段と痩せて見え、顔にはほとんど血の気がなかった。デヴィッドは身をかがめて、イーヴのスーツケースを取り上げた。「荷物はこれだけですか？」

「ええ、そう」

二人はそれっきり黙ってプラットホームを歩き、階段を昇って駅の外に出た。デヴィッドの車は駅前に止めてあった。後部のトランクにイーヴのスーツケースをしまうと、彼は前に回って義母のためにドアを開けた。

駅を後にして道路に出てから、イーヴはやっと勇気を奮い起こして訊いた。「ジェインはどんな様子？」

「それがさっぱりわからないんですよ。誰もはっきりしたことを言ってくれなくて。血圧が急に高くなって慌てたらしいんですが」

「病院に行ったら会えるでしょうか？」

「訊いてはみたんですがね。今夜は面会は許されないだろうと婦長さんが言ってましたっけ。明日の朝なら、ひょっとしたら会えるかもしれないとか」

返事のしようもなくて、イーヴは話題を変えた。「ジェイミーは？」

「元気にしています。電話で言ったとおり、ネッシー・クーパーが親身に世話をしてくれているんです。自分の子どもたちの面倒を見ながら、ジェイミーのことも手落ちなくやってくれて」ネッシーは、デヴィッドの農場の監督をしているトム・クーパーのつれあいだった。「ジェイミーのやつ、お祖母ちゃんがくるって、すっかり興奮していますよ」

「うれしいわ、またジェイミーに会うことができて」車の暗がりの中でイーヴは微笑したが、何年も笑ったことがないかのように、こわばった笑顔になっていた。たとえ胸のうちは穏やかでなくても、ジェイミーのためだけにでも落ち着いた、明るい顔を見せなければ。

車が家に着いたとき、ジェイミーはミセス・クーパーと居間でテレビを見ながらガウン姿でココアを飲んでいたが、父親が声をかけると、茶碗を置いてホールに飛んできた。祖母が大好きで早く会いたかったからだが、何かおみやげがあるのではないかという期待もあるらしかった。

「ジェイミー、しばらく！」とイーヴは言って、かすかに石鹸のにおいがする孫とキスをかわした。

「お祖母ちゃん、ぼく、お昼ごはん、チャールズ・クーパーと一緒に食べたんだよ。チャールズはもう六つで、フットボール用の靴までもっているんだ」

「へえ！　ちゃんとスタッドのついた本式の靴？」

「そう。チャールズね、ボールももってて、ぼくに蹴らせてくれたよ。ぼく、もう少しでドロップキックができるところだったんだ」

「すごいじゃないの！」

イーヴが帽子をぬいで、コートのボタンをはずし始めたとき、ミセス・クーパーが開いていた居間の戸口から姿を現わし、ホールの椅子の上に置いてあった自分のコートを取り上げて言った。

「いらっしゃいませ、ミセス・ダグラス」

ほっそりした、身ぎれいなネッシー・クーパーは四人の――五人だったろうか――子どもの母親とはとても思えないほど、若々しく見えた。

「しばらくでしたね、ミセス・クーパー、ご親切にいろいろとありがとうございます。あなたのお留守の間、お宅のお子さんたちはどなたが見ていらっしゃるの？」

「今日はトムが家にいますから。でも赤ん坊が歯が生えかけているせいでひどく機嫌がわるいものですから、もう失礼しませんと」

「いろいろお世話をかけているようで、何とお礼を申し上げていいやら」

「とんでもありませんわ。何もかもうまく行くとよろしいですねえ」

「ええ、ほんとに」

「世の中、不公平なものですわ。わたしの場合は、どの子のときもそれこそ安産で。『次から次へと、ネコが仔を産むようによくもまあ、楽々と産むなあ』って、トムも呆れているくらいですの。なのにこちらの若奥さんは……どう考えても、不公平としか、言いようがありませんわ」こう言いながらコートを着こみ、ボタンを掛けはじめた。「よろしかったら明日も伺ってお手伝いをいたしますよ。赤ん坊を一緒に連れてきてもかまいませんかしら。台所に乳母車を置いて寝かせておきますから、手はかからないと思うんです」

「きていただければ、ありがたいわ」

「独りで待っていると、余計やきもきしますからねえ。話し相手がいれば、気も紛れるでしょうし」

ミセス・クーパーが帰ると、イーヴはジェイミーと二階の寝室に行き、スーツケースを開けて待望のおみやげを取り出した。ジョン・ディア式のミニ・トラクターで、ジェイミーは「こういうのがほしかったんだよ。お祖母ちゃん、どうしてわかったの?」と言ってイーヴを喜ばせた。トラクターをもらったので、おとなしくベッドに入ることを承知し、イーヴにおやすみなさいのキスをすると、父親と手をつないで歯を磨きに行った。

イーヴは荷ほどきがすむと手を洗い、靴をはきかえて髪の手入れをし、階下に降りてデヴィッドにつきあってシェリーを飲んだのち、台所に行って二人分のささやかな食事を用意した。

夕食がすむとデヴィッドは車でまた病院にもどって行き、イーヴは後かたづけをすませてから、ウォルターに電話してしばらく話し合った。言いたいことがたくさんあるようでいて、ろくに何も言えなかった。それからデヴィッドが帰ってくるまで起きて待っていたが、デヴィッドの話では、ジェインの容態にはとくに変わりはないということだった。

「産気づくようだったら、すぐ電話してくれることになっています。ぼく、ジェインと一緒にいたいんですよ。ジェイミーが生まれたときも、付添っていたんですから」

「そうだったわね」とイーヴは微笑した。「ジェインは、あなたが一緒にいてくださったからジェイミーを無事に産み落とすことができたんだって、いつも言ってましたっけ。でもデヴィッド、あなた、とて疲れた顔をしていてよ。少しは眠らなくちゃ」

「ジェインの身に、もしも何か起こったらと考えだすとたまらなくて……」

「何も起こるものですか」とイーヴはきっぱり言って、片手をデヴィッドの腕に掛けた。「そんなこと、考えるものじゃないわ」

「だったら、何を考えればいいって言うんですか?」

「ただ信じて待つことよ。夜中に電話がかかったら、きっと教えてくださいね」

「もちろんですよ」

「じゃあ、おやすみなさい」

「おやすみなさい、イーヴ」

デヴィッドに睡眠を取るように勧めはしたものの、イーヴ自身はほとんどまんじりともせずにその夜を過ごした。ベッドの上に横たわって、彼女はカーテンの向こうの白い夜空にじっと目を凝らした。階段の下の大時計が時を告げるチャイムの音を、いくたび聞いたろうか。電話は一度も鳴らなかった。曙光《しょこう》がさしそめてからやっとうとうととし、いくらもたたないうちに目が覚めたような気がした。七時半だった。起き上がってガウンを羽織り、ジェイミーがどうしているかと見に行くと、ベッドの上に座ってトラクターで遊んでいた。「おはよう」
「ぼく、今日もチャーリー・クーパーと遊べるかな？　このトラクターを見せたいんだ」

「チャーリーは午前中は学校でしょ？」

「だったら、午後から」

「いいかもね」

「けさは何をする？」

「何がしたいの？」

「入江の岸に行って、雁を見てもいいね。お祖母ちゃん、知ってる？　雁を撃ちにくる人たちがいるんだよ。父さんは怒ってるけど、でも止めることはできないんだって。浜辺はみんなのものだから」

「狩人がきてるのね」

「うん」

「はるばるカナダあたりから飛んできたあげくに、鉄砲で撃たれて死ぬなんてねえ」

「畑をひどく荒らすって、父さん、言ってたけど」

「鳥だって、何か食べなくちゃ生きて行けないでしょうにね。食べるといえば、ジェイミーは朝ごはんには何を食べたい？」

「茹で卵かな」

「だったらもう起きなくちゃ。さあ！」

台所のテーブルの上にデヴィッドの置き手紙があった。

午前七時です。牛に餌をやってから病院までひとっ走りしてこようと思います。昨夜は、電話はかかりませんでした。何か変わりがあったら、すぐお知らせします。


「何て書いてあるの？」とジェイミーが訊いた。

「お母さんのお見舞いに行ってくるって」

「赤ちゃん、もう生まれたの？」

「まだよ」

「母さんのおなかの中にいるんだよ、赤ちゃん。もう出てくるはずじゃないの？」

「そうね。そろそろだと思うわ」

朝食がすんだころ、ミセス・クーパーがやってきて、赤い頬の、くりくり太った赤ん坊を乗せた乳母車を台所の片隅に据え、赤ん坊にラスクをしゃぶらせてから訊いた。「べつにお変わりはありませんでした？」

「ええ、まだ。デヴィッドが病院に行きましたから、変わりがあれば電話をかけてよこすと思いますわ」イーヴは二階に行って、自分とジェイミーのベッドメーキングをし、ちょっとためらってからデヴィッドとジェインの寝室に入って行った。二人のベッドもつくっておこうと思ったのだが、侵入者のような後ろめたい気持ちを抑えきれなかった。

ジェインは、スズランの香りの香水しか使わない。さわやかな香りのまつわっている寝室の化粧台の上には、ジェインの身の回りの品々が置かれていた。祖母の形見のヘアブラシ、デヴィッドとジェイミーのスナップ写真、鏡の金具に、ジェインの気に入りのビーズの首飾りが掛けてあった。よほど急いだのだろう、衣類が脱ぎっぱなしになっていた——救急車で病院に行くまでジェインが着ていたダンガリー布製のズボン、靴、緋色のセーター。炉棚の上に、ジェインの子どもっぽいコレクションの陶器の動物が、イーヴとウォルターのキャビネ型の写真とともに並んでいた。

何気なくベッドを見やって、イーヴははっと胸を衝かれた。デヴィッドはどうやらダブルベッドのジェインの側で、一夜を過ごしたらしい——レースのフリルのついた、白い、大きな枕に顔をうずめて。どういうわけか自分でもわからなかったが、ベッドを眺めながらイーヴは、堪えてきたものが一時に堰を切ってあふれるように、こみあげるものを抑えかねていた。ジェインに帰ってきてもらいたい！　この家に、デヴィッドとジェイミーのところに帰ってきてもらいたい！ほとんど祈るような気持ちで、しかし誰にともなく、イーヴは心の中で叫んでいた。もう我慢できない！　もうちょっとだって我慢できないわ！　ジェインが無事に帰ってくるという確信がほしいのよ、わたしは！

電話が鳴った。

イーヴは手を伸ばして受話器を取り上げた。「もしもし」

「イーヴ？　デヴィッドです」

「どうかして？」

「とくに変わりはないようなんですが、お医者や看護婦が急にあたふたしだして――もう一刻の猶予もならないというように、ジェインを台車に乗せて分娩室に連れて行ったところです、ついいましがた。それでぼくも一緒に行こうと思って。何か進展があったら、こちらから電話しますから」

「わかったわ」お医者や看護婦が急にあたふたしだして……「わたしね、ジェイミーを連れてその辺を少し歩いてこようと思うの。どっちみち、じき帰りますからね。ミセス・クーパーもいらっしゃることだし」

「ええ、ジェイミーを外に連れ出してくだされればありがたいですよ。ぼくからよろしくと伝えてください」

「ええ。じゃあね、デヴィッド」

イーヴとジェイミーは古いリンゴ園の脇を過ぎ、麦の刈り株の並ぶ畑にそって進んだ。入江は畑のさらに向こうに位置している。サンザシの生け垣の所から階段を三、四段降りると爪先下がりの草地で、そこを少し行くと藺草《いぐさ》の茂みが続き、いくらも歩かないうちに入江の岸辺に出た。引き潮どきなのだろう、干潟が遠くの岸まで続いていた。低い丘がいくつも連なっている上に淡い水色の空が果てしなく広がり、ところどころに灰色の雲がきれぎれに漂って、ゆっくりと動いていた。

階段にさしかかったとき、前方をすかし見ていたジェイミーが言った。「お祖母ちゃん、狩人がきてるよ」

水際に近く、男が二人立っていた。満潮時に流されてきたらしい潅木で隠れ場所をつくって、いつでも狙えるように銃を構えている様子だった。日光を受けて光っている干潟に、黒い影が落ちていた。白に茶のぶちのスプリンガー・スパニエルが二頭、かたわらにうずくまり、主人の声のかかるのを待っていた。

静かだった。ひどく静かだった。ずっと先の、入江の真ん中あたりから、雁の鳴きかわす声が聞こえてきた。

イーヴはジェイミーと手をつないで階段を降りてゆるやかな斜面を進んだ。地面が平坦になったところでふと見ると、プラスティック製の鳥が、ちょうど餌をあさっているような形に並べてあった。

「おもちゃだね」とジェイミーが言った。

「囮《おとり》っていうのよ。空を飛んでいる雁が、仲間がいるから安全だと思って降りてくるように、並べたんじゃないかしら」

「ひどいや、そんなの。鳥を騙すんじゃないか。鳥が釣られてこっちにきそうになったら、お祖母ちゃん、ぼくたち、手を振りまわして追っぱらおうよ」

「そんなことをしたら、あの人たち、きっと気を悪くするわ」

「あの人たちに、あっちに行けって言っちゃいけないの？」

「それはできないわ。法律をやぶっているわけじゃないんですもの」

「ぼくらの鳥を殺そうとしてるんだよ」

「雁はわたしたちのものってわけじゃないのよ。みんなのものなの」

狩人たちも二人に気づいたようで、猟犬が耳をそばだてて低いうなり声をあげはじめていた。イーヴとジェイミーはどぎまぎして、どっちに行ったらいいかわからず、囮の鳥の輪の脇にためらいがちたたずんでいた。そのとき、イーヴは空の一角にあわただしい動きがあるのに心づいた。見上げると海のほうから一群の鳥が隊を組んで飛んでくるのであった。「ごらん、ジェイミー！」

狩人たちも鳥の姿を認めたのだろう。そっちに向き直った。そのとき、ジェイミーがやにわに跳びだした。「だめだ！　鳥をこっちにこさせちゃだめだよ、お祖母ちゃん！」ジェイミーは大声をあげてイーヴの手を振りはらい、長靴をはいた小さな足を飛ばしてこけつまろびつ走りだした。大空の鳥たちを銃口から遠ざけようと夢中になっているのであった。「きちゃいけない！こっちにきちゃいけないよ、おまえたち！」

イーヴは小さな孫を止めなければと気が焦った。それに、いまさら、何をしても無意味だという気もしていた。地上のいかなる力も、あの鳥たちの非情なほど一途な飛翔を止めることはできそうになかった。それにしても——とイーヴは訝った。雁はふつう北から南へ、規則正しい編隊を組んで飛んでくる。しかしあの鳥たちは東方から、海のほうから、刻一刻こちらに近づいているではないか。

一瞬、イーヴは目がくらみ、距離感覚を失って呆然としていたが、つぎの瞬間、焦点が合い、思わずはっとした。雁ではない。白鳥だ。白鳥が十二羽、天駆けりつつ近づいてくるのだ。

「白鳥よ、ジェイミー、あれは白鳥の群れよ！」

ジェイミーも祖母の声が聞こえたのだろう、足を止めて黙って空を振り仰いだ。

白鳥の大きな翼の力強い羽ばたきの音があたりを圧して響きわたっていた。白い長い首を前方にさしのべ、脚をちぢめて後方へ流す感じで、白鳥たちは隊を組んで大空を渡って行った。川上のほうへ向かうと見るうちに、羽ばたきの音はいつしか田園の静寂のうちに消えていた。灰色の朝の空がうねうねと連なる丘が、十二羽の鳥を呑みこんでいた。

「お祖母ちゃん」とジェイミーがイーヴの袖を引っぱった。「お祖母ちゃん、ぼくの言うこと、聞いてないんだね？」イーヴはこんなに真剣なジェイミーは見たことがないと思いつつ、孫の顔を見下ろした。「ねえ、狩人たち、白鳥を撃たなかったよ」とジェイミーは言った。

「白鳥は殺しちゃいけないのよ。女王さまのものだから」

「よかった。でもきれいだったねえ、すっごく……あの白鳥たち、どこに行ったんだと思う？」

「さあ――川上のほうに向かって行ったわね。それから遠くの丘のほうに。あっちに湖があるんじゃないかしら――羽を休めて餌をあされるような」

こう答えはしたが、イーヴの念頭からは白鳥たちのことはもう消えていた。彼女は病院のジェインのことに思いを馳せていたのであった。一刻も早く家にもどらなければ。

「行きましょう、ジェイミー」とイーヴは孫の手を取って、ほとんどひきずらんばかりにして斜面を階段のほうへと急いだ。「さ、早く。どのくらいで帰れるか、時間を計ってみてもいいわ」

二人は階段を上がり、刈株の並ぶ畑のそばを進んだ。ジェイミーは祖母におくれまいと、短い脚をせいいっぱい気張って運んでいた。果樹園には風で落ちたリンゴが散らばっていたが、目もくれなかった。

脇目もふらずに進むうちに、農場に通ずる小道に出た。ほっとしたのか、ジェイミーはそれ以上歩く元気がなくなったらしく、何をそんなに急ぐのかと言わんばかりに口をとがらせて立ち止まった。けれどもイーヴは瞬時もぐずぐずしていられない気持ちで、えいっとばかりに孫を抱えあげると、その重さをほとんど意識することなしに歩きつづけた。

ようやく家に着くと、イーヴは泥まみれの長靴をぬぐ間も惜しんで裏口からそのまま上がり、暖かい台所に入って行った。赤ん坊はあいかわらず乳母車の中でおとなしくしており、ミセス・クーパーは流しに向かってジャガイモの皮をむいていた。二人が入って行くと振り返ったが、ちょうどそのとき、電話が鳴りだした。イーヴはジェイミーを降ろすと、夢中で走りよって二つ目のベルで受話器を取り上げた。

「もしもし？」

「イーヴ、デヴィッドです。何とか無事に乗り切りましたよ。すべて順調です。男の子でした、今度も。生まれるまでにかなり骨がおれましたが、健康そうな、とても元気な赤ん坊です。ジェインも心配ありません。ちょっと疲れているようですが、昼からなら面会もできるそうです」

「ああ、デヴィッド……」

「ジェイミーを呼んでいただけますか？」

「もちろんよ。ジェイミー、父さんよ。あなたに小さい弟ができたんですって」ミセス・クーパーのほうを振り向くと、片手にナイフ、もう一方の手にジャガイモを握って、こっちをみつめていた。「ジェインも元気だそうですわ、ミセス・クーパー、男の子ですって」ミセス・クーパーを抱きしめてその赤い頬にキスをしたいという衝動をおさえつつ、イーヴは口走った。「すべて順調だとか。わたし、わたし……」

それだけ言うのがやっとだった。後から後から目に涙があふれて、ミセス・クーパーの顔が見えなくなった。イーヴは人前で泣いたことがなかったし、とくにジェイミーに泣き顔を見られたくなかった。だからそれっきり何も言わずに、背を向けると裏口から外に出た。庭に、朝のさわやかな空気の中につかつかと歩み出た。

終わったんだわ、無事に。安堵のあまり、体の重みが急になくなってしまったようで、弾みをつけたら十フィートも二十フィートも空中に体が浮きあがりそうな気がした。彼女は泣いていた。同時に笑っていた。こっけいだわ——そう思ってポケットを探り、ハンカチーフを出して涙をぬぐい、鼻を拭いた。

十二羽の白鳥。ジェイミーがいっしょでよかったとイーヴはつくづくうれしかった。そうでなかったら、一生涯彼女は、あのすばらしい光景は自分の想像の産物に過ぎなかったのではないかという疑惑をいだかずにはいられなかったろう。

十二羽の白鳥。わたしは見たのだ、たしかに――十二羽の白鳥が飛んでくるのを、そして飛び去るのを。永遠のかなたへと飛び去るのを。

あのようにすばらしい、あのように奇跡的な光景を、わたしは今後二度と見ることはないだろう。

イーヴは空虚な空を見上げた。どんよりと曇って、いまにも雨が降りだしそうだ――そう思った瞬間、ぽつりと冷たい雨粒が仰向けた顔の上に落ちてきた。

十二羽の白鳥。イーヴはコートのポケットに手を突っこみ、くるっと向き直ると、夫に電話すべく家の中に入った。

日曜の朝

Gilbert

目覚めかけてはいたが、目はまだつむったまま、ビル・ローリンズはカーテンの隙間からさしこむ明るい日光を、またベッドの上の細長い日溜《ひだま》りを意識しつつ、言いようのない満足感、幸福感に浸っていた。楽しい思いが次から次へと胸をよぎった。今日は日曜日だから会社に行く必要はない。天気も上々らしい。新妻のあたたかい、やわらかな体がすぐかたわらに横たわり、彼の腕のつくっているくぼみの中に彼女の頭がある。世界広しといえども、ぼくはとびきりの幸せ者らしい――とビルは満ちたりた気持ちで考えていた。

すばらしく大きなふかふかのベッドだった。二か月前にクローダと結婚したとき、年取った伯母が贈ってくれたもので、伯母は「これは、わたしたちが結婚したときに買ったものでね」と、もったいらしく言い、古物を押しつけたと思われないように、まっさらな豪華なマットレスと家宝にしてもいいような上物のリネンのシーツを半ダース、添えてくれた。書きもの机と衣類をのぞけば、新家庭への彼の寄与はこのベッドに尽きる。

未亡人だった女性との結婚には、いささかやっかいな、複雑な問題が多少ともまつわっていることは否めないが、住居の問題はその一つではなかった。ビルがそれまで独り者の呑気な生活を送ってきた二間だけのフラットに、クローダと彼女の二人の幼い娘が移ってくるということは最初から問題外だったし、クローダの家がそのまま完璧な新居になりうるというのに、あたらしく家を買うのは無駄なこと、面倒なことでもあり、意味もないという結論に、彼らが達したのは当然といえた。

ビルのフラットは町なかにあって勤め先に歩いて行けるという利点はあったが、クローダの家は町の中心から一マイルほど離れた郊外にあり、広い庭までついていた。「それに」とクローダは指摘した。「あの子たち、ずっとこの家で育ったのよ」。そこには彼女たちの秘密の隠れ場所があった。スズカケの木にはブランコ、屋根裏には思いきり遊びまわれる空間があった。

ビルはクローダの家に住むことに、二つ返事で承知した。それこそ、適切で、自明なことだと考えたからだった。

「きみがクローダの家に移るってのかい？」と友だちは呆れたように言った。

「いけないかな？」

「ちょっとなあ。彼女が亡くなったご亭主と暮らした家なんだろう？」

「それもとびきり幸せな夫婦としてね」とビルは指摘した。「ぼくはね、ぼくとの結婚でも、彼女が同じくらい幸せであってほしいと心から願っているんだよ」

クローダの夫、二人の娘の父親は三年前、悲劇的な自動車事故で世を去った。ビルはクローダがずっと暮らしてきた町に住み、勤め先もそこだったのに、彼女が夫と死別して二年後まで、ついぞ彼女と会ったためしがなかった。知人の家のディナー・パーティーに招かれた彼は、すらりとした若い女性の隣に席を与えられた。たっぷりしたブロンドの髪を形のよい頭の後ろにくるくると巻きつけてまとめている、チャーミングなひとだった。

彫りの深い、その顔がまず彼をひきつけた。美しいが、憂いを含んだ面ざしであった。沈みがちな目、遠慮ぶかい口もと。ビルはタフな世慣れた男だったが、そこはかとないクローダの悲しみが伝わってくるようで、たちまち心を奪われてしまった。古風なヘアスタイルのせいであらわになっている、か細いうなじは、幼い子どものように無防備なものを感じさせた。クローダが彼の冗談にやっと笑い、憂いが一瞬消えたように見えたとき、ビルはうぶな若者のように恋の虜となっていた。

「クローダと結婚するんだって？」と例によって口さがないビルの友人たちは、とんでもないとばかりに言った。「相手は未亡人、それも子持ちの女性だよ」

「子持ち——結構じゃないか。ボーナスみたいなものだ」

「そりゃまあ、きみがそう考えているなら、何も言うことはないがね。しかしきみはこれまでに子どもと接触した経験はあるのかね？」

「いいや、だが、何事もやってみなけりゃわからんさ」

クローダは三十三歳。ビルは当年取って三十七歳で、誰からも、一生独身を通すと見なされていた。ハンサムで、快活で、ゴルフもかなりの腕。テニス・クラブでも、相手をしてくれと頼まれることがたびたびあった。だが、とてもじゃないが結婚はしそうにないというのが大方の観測だったから、未亡人と結婚して二人の、いわばプレタポルテの娘たちとうまくやって行けるのかどうか、あぶなっかしがる者は一人や二人ではなかった。

ビルは娘たちに対して大人を相手にするときのような接し方をして、何とか円満な関係を取り結んだ。エミリーは八歳、アナは六歳。ビルはこの二人の存在に脅威を感じることなどさらさらないつもりでいたが、幼い瞳にまじまじとみつめられると、少なからずたじろぎを覚えた。エミリーもアナも金髪を長く垂らし、はっとするほどキラキラと輝く青い目をもっていた。二人はビルをたえず観察しているようだった。部屋の中を歩き回りながら彼は、自分の動きをまじろぎもせずに追う二対の目を意識した。そのまなざしからは愛情も嫌悪も、どちらも伝わってこなかった。

エミリーも、アナも、ビルにたいしてたいへん礼儀正しかった。母親のクローダに求婚中、ビルはおりおり二人にキャンデーとか、パズルとか、ゲームといった、ちょっとしたプレゼントを贈った。アナはエミリーほど気むずかしくなくて、大喜びでプレゼントを受け取り、その場で開けてビルに笑顔を見せ、ときには抱きついたりもした。けれどもエミリーはアナとはかなり違うたちの子どもらしく、丁寧にお礼を言いはしたが、プレゼントは開けないまま持ってひっこみ、独りになってからとくと検分して、それなりの評価を下すらしかった。

ビルは一度、アナのロボットを修繕したことがあり（アナは人形ごっこなど、およそしない子だった）、それ以来、彼女とビルの間にはある程度、親密な関係が生まれた。しかしエミリーの愛情の対象は、もっぱらペットたちに限られていた。

ペットは三匹いた。その筆頭は、にくにくしい風体の雄猫で、ネズミを追いまくるその様子は一種獰猛な野性を感じさせた。これはと狙いをつけた餌は、人間さまの食卓のものでも、遠慮なく盗み食いをしてのけた。二匹目は不快な体臭をはなつ、じいさんスパニエルで、ふらりと出かけては、汚れ放題汚れて帰ってきた。三匹目は金魚だった。猫の名はブリーキー、犬の名はヘンリー、そして金魚はギルバートと呼ばれていた。このブリーキー、ヘンリー、ギルバートこそ、ビルがクローダの家に引っ越してくることになった理由の最たるものだった。要求がましいこのお三方が、ほかの住まいに容易に適応するとは、とても考えられなかったからであった。

エミリーとアナはピンクに白をあしらったドレスにピンクのサテンのサッシュを結んで、ビルと母親の結婚式に出席した。みんなが天使のようにかわいらしいと褒めそやした。しかし式の間中、ビルは二対の冷やかな青い目が自分の首筋に穴が開くほどじろじろと注がれているのを感じて、どうにも落ち着かなかった。結婚式が終わったとき、二人の娘は言われたとおり、新郎、新婦にコンフェティを投げ、ウェディング・ケーキを少し食べると、クローダの母親に伴われて立ち去り、クローダとビルは新婚旅行に出発したのだった。

新婚旅行には、スペインのマルベーリャを選んだ。太陽の輝きにひたる甘美な日々が続いた。毎日が前日より、なおいっそうすばらしく思われた。共有する経験と楽しい笑いが、毎時毎分をより豊かにしてくれた。満天の星が二人を祝福するかのようにきらめく夜々、ビロードのようにやわらかい、暖かい闇にむかって窓を大きく開けはなち、下方の海岸に打ち寄せる波の音を聞きながら、ビルとクローダは愛を誓いあった。

けれども蜜月の日々が残り少なくなったころには、クローダは娘たちに会いたくてたまらなくなっていた。マルベーリャに別れを告げるのは残念だったらしいが、ビルは彼女が一日でも早く家にもどりたいと願っていることを察していた。

車が門から短い小道にさしかかったとき、家の前にエミリーとアナが「お帰りなさい！」と、ぎくしゃくした大文字で書いた手づくりの旗を持って立っているのが見えた。「お帰りなさい！」
そう、今日からはこの家がぼくの家なのだ――とビルは思った。そしてここにいるのは、ぼくの娘たちなのだ。

次の日から車で会社に出勤するとき、後部座席に二人の娘を乗せ、小学校の前でおろすのが彼の日課となった。結婚前には週末はほとんどいつもゴルフに出かけたが、いまでは芝生の手入れをしたり、家庭菜園にレタスの種子をまいたり、道具類の修理をしたり、なかなか忙しかった。日常の雑用をそのつど引き受けてくれる男手がないと、家はたちまち荒れはてる。彼の新居はほとんど三年間にわたって男っ気がなかったわけで、蝶番《ちょうつがい》はきしり、トースターはこわれ、芝刈り機は動かないといったぐあいに、修理を必要とするものがかぎりなくあった。戸外の仕事はいっそう多端《たたん》で、門の扉や木戸はたわみ、柵は倒れかけ、物置はクレオソートを幾刷毛か塗る必要があった。

エミリー所有のペットたちにたいする心づかいも、おろそかにできなかった。猫も、犬も、そして金魚も、そろいもそろって危機一髪の非常事態と劇的展開を生き甲斐にしているらしかった。猫のブリーキーは三日間にわたって消息を絶ち、死んだのではないかと娘たちもあきらめかけたところに片耳を噛み裂かれ、脇腹にむごたらしい裂傷を負って帰還した。そのブリーキーを獣医のところに車で連れて行って一息つく間もなく、犬のヘンリーが、よほどいかがわしいものを食べたのだろう、四日間、上げたり下したりの大騒ぎをやらかした。ヘンリーはそのあげく、目の縁を赤くして息も絶えだえの不景気なていたらくでバスケットの中に横たわったまま、まるで何もかもおまえさんのせいだぞとでも言いたげな、非難がましい視線をビルに浴びせ続けたのだった。

うんざりするくらい、終始健在だったのは金魚のギルバートだけで、水槽の中を毎日、無目的に遊泳していた。しかし、このギルバートにしても、ほったらかしというわけにはいかなかった。定期的に水槽の水を替えたり、ペットショップから餌を買ってきたりが、ビルの役目となった。

ビルはこうしたもろもろの雑用をできるだけ落ちなくやってのけ、ことさら忍耐づよく振る舞い、いつも機嫌のいい顔を家族に向けるように努力した。娘たちがじれたり、駄々をこねたり、喧嘩をしたりするとき、「ひどいわ！　知らない！」という捨て科白《ぜりふ》とともに叩きつけるようにドアが閉まるとき、彼はいち早くその場から退散し、仲裁はクローダに一任することにしていた。

へたに関わって、まずいことを言ったり、したりしてはと考えたからだった。
「いったい、どうしたんだい？」妻がもどってくると、ビルはきまってこう訊ねる。クローダは時によってひどくいきりたっていることもあるし、やっとの思いで笑いをこらえていることもあった。喧嘩の仲裁にエネルギーを消耗しきっていたりもした。とはいえ、不機嫌な顔をビルに見せることはついぞなかった。夫のところにもどると、クローダはいつも喧嘩の原因が何だったのか、説明しようとするのだが、たいていは途中で打ちきることになった。一分かそこらのうちに、ビルは妻を抱きしめてキスをしはじめるのが常だったからで、抱擁と説明を同時進行するのがほとんど不可能だということは言うまでもない。

　家庭内のこうした紛糾がおりおりはさまりはしたものの、クローダとビルがマルベーリャで見つけた魔法がいまだに消えていないのは、まったく驚嘆に値することだった。結婚生活は依然として、日一日といっそう輝かしくなりまさるようで、ビルは妻に、文字どおり、首ったけだった。

さて文頭に書いた日曜日のこと、ビルはクローダのうなじに顔をうずめて絹糸のような感触のその髪の毛のかぐわしい匂いを呼吸していた。しかしふと彼はかすかな不協和音、あるかなきかの警戒警報を感じた。誰かが見ている。首を振り向けて目を開けると、エミリーとアナがパジャマ姿でベッドの手すりの上に腰かけて、こっちをみつめていた。起きぬけらしく、長いすんなりした髪がもつれていた。近ごろの小学校だって、エミリーたちのような低学年の子どもにはまだ性教育をほどこしていないだろう。だといいが——とビルのとっさの反応だった。

「おはよう」と彼はさりげなく声をかけた。

「おなか、ぺこぺこ」とアナが言った。「朝食、まあだ?」

「何時かな?」

アナは大人がするように両手をひろげて肩をすくめた。「知らない」

ビルは手を伸ばして、枕もとの腕時計を取った。八時だ。

「あたしたち、とっくのとうから起きてるのよ。おなかがすいて、死んじゃいそう」とアナがまた言った。

「きみたちのお母さん、まだよく眠っているからね。朝食なら、ぼくが用意するよ」

けれどもエミリーも、アナも、その場から動こうとしなかった。ビルはクローダの肩の下から片手を引きぬいて、起き直った。とたんに裸の自分を痛いほど意識した。義父をじろじろと眺めている二対の目には、感心しないと言わんばかりの表情が浮かんでいた。

ビルは急いで言った。「さ、階下《した》に降りて、着替えをして歯を磨いてきなさい。ぼくがすぐ行って、テーブルに朝食を並べといてあげるよ」

二人の女の子は、階段にパタパタと素足の足音を響かせて降りて行った。二人がいなくなったと見きわめて、ビルはベッドから降り、タオル地のバスローブを羽織って、寝室のドアをそっと閉めると階段を降りた。

台所では例のバスケットの中で、ヘンリーがゴーゴーと騒々しい鼾《いびき》の音を立てていた。ビルが片足の親指を器用に使って起こすと、老犬は大あくびを一つし、後ろ足でひとしきり体を掻き、おもむろにのっそり床の上に降り立った。このヘンリーをビルが裏口から庭に出してやったとき、ブリーキーがどこからともなく姿を現わした。喧嘩早い老虎といった風貌はあいかわらずだったが、ビルの足の間を、年に似ず、敏捷にかいくぐって台所に跳びこんできた。ばかに大きなネズミの死骸をくわえていた。台所のど真ん中にこの戦利品を置くと、ブリーキーはやおら、そいつを平らげにかかった。

ビルは、朝っぱらから何と殺生なと眉をひそめ、いきりたって引っかいたり噛みついたりするブリーキーの抵抗を何とか排除してネズミの死骸を取り上げると、流しの下のゴミの缶の中に落としこんだ。ブリーキーが激昂してギャーギャーと鳴きわめくので、皿にミルクをついでなだめなければならなかった。ブリーキーはふてくされた様子で、リノリウムの床にやたらパシャパシャとしぶきを飛ばしつつミルクを飲みほし、出窓の上にひょいと跳び乗ると、黄色い二本の縫い目のようになるまで目を細め、舌をせわしなく動かして全身の身づくろいを始めた。

ビルは床にこぼれたミルクを拭き取ってから、やかんを火にかける一方、フライパンとベーコンと卵を用意し、トースターにパンを入れ、松材のテーブルの上に皿やコップを並べた。それでもまだ二人の娘たちが姿を見せなかったので、着替えをすまそうと二階に行った。着古した綿シャツの袖に手を通したとき、洗面所から台所に降りて行く小さな足音が聞こえた。子どもらしい、よく透る声が何かペチャクチャしゃべっている。いかにも屈託なさそうな声だったが、それが突然、何とも情けなげな泣き声に変わった。どういう一大事が持ち上がったのかとビルは肝を冷やし、着かけていたシャツのボタンもかけぬまま、階段の上から訊いた。「どうかしたのかい?」

この問いに答えたのは、いっそう甲高い泣き声だった。どのようなショッキングな出来事が自分を待ちうけているのだろうと不安になって、ビルは階段をドタドタと駆け降りた。

エミリーとアナはこっちに背を向けて、金魚の水槽の前につっ立っていた。水槽の中をみつめているアナの目には涙があふれていたが、エミリーは泣くこともできないほどのショックを受けているらしかった。

「どうしたんだい?」

「ギルバートが……」

ビルは近よって、二人の頭ごしに水槽の中をのぞきこんだ。水槽の底に、ギルバートが脇腹をこっちに向けて横たわっていた。うつろな出目が上方を凝視していた。

「ギルバート、死んじゃった」とエミリーがつぶやいた。

「死んじゃった？　どうしてわかるんだい？」

「だって死んでるもん」

たしかにそうとしか、見えなかった。

「昼寝をしているだけじゃないのかな」とビルは自信のない口調で言ってみた。

「ううん、死んでるのよ」「ギルバート、死んじゃったのよ」と口々に言うなり、二人はワッと泣きだした。両手を二人の肩に回して、ビルは何とか慰めようとした。アナは顔をビルの胃のあたりにぎゅっと押しつけ、両腕で彼の脚を抱えるようにしてしくしくと泣いていたが、エミリーのほうはこわばった姿勢でその場にたたずんだまま、胸もつぶれんばかりに泣きじゃくっているのだった――かぼそい両腕で自分の胸を抱きしめるようにして。そうでもしなければ、片時も立っていられないというように。

こいつは弱ったぞ――とビルは気もそぞろにアナの手をそっと引き離した。階段の下に行ってクローダを呼び、何とか事態を収拾してもらおう。クローダだったらこういう場合、どう対処したらいいか、もちろん、知っているに違いない。

とまあ、いったんはそう考えたのだが、ビルはふと思い直した。いや、これは絶好のチャンスだ。義理の父親としての真価を発揮する、千載一遇の好機かもしれないぞ。娘たちとの間の垣根を取り払い、自分なりに最良と思う線にそって果敢に行動し、彼女たちの尊敬を勝ち取ってみせよう。

さんざんに手を尽くして慰めたすえに、何とか二人を泣きやませ、ビルはきれいな布巾《ふきん》で泣きぬれた顔を拭いてやり、出窓に腰を下ろすと二人を自分の両脇にすわらせた。「あのねえ」と彼はやさしく言った。「ギルバートのことで、いいことを思いついたんだよ」

「だって死んじゃったのよ。ギルバート、もう生きていないのよ」

「そう、ギルバートは確かに死んじまった。だが人間でも、ペットでも、愛していたものが死んだときには、ちゃんとお葬式をしてお墓に葬らなきゃいけない。きみたち、庭に行って、ここならと思う静かな場所をみつけてきたらいい。そこに穴を掘って、ギルバートを埋めてやろうじゃないか。ぼくは箱か何か、お棺になりそうな入れ物を探しておくよ。花輪をつくって、お墓の上に置いてもいいしね。そう、それから小さな十字架もあったほうがいいかな」

あいかわらず瀬踏みするようにビルの様子をうかがっていた二対の青い目に、いささかの関心の色が動きだすのを、ビルは見て取った。頬にはまだ涙が光っていたが、ペットの急死から生じたお葬式というドラマの可能性は子ども心につよく訴えかけて、抵抗しがたい魅力を感じさせているらしかった。

「村のドンキンズおばあさんが死んだとき、ドンキンズおばさん、帽子に黒いヴェールをくっつけてたわ」とエミリー。

「黒いヴェールなら、マミーのよそ行きの服の箱の中に入ってるわよ」とアナ。

「だったら、そいつを帽子にくっつけたらいい」

「あたしは？　あたしは何をつけるの？」

「お母さんに訊いてごらん。何か、探してくれると思うよ」

「十字架はあたしがつくるわ」とエミリーが言った。

「だめよ、あたしがつくるんだから」とアナがさえぎった。

「あたしがつくるんだったら！」

喧嘩になりそうな形勢と見てとって、ビルはあわてて口をはさんだ。「それよりまず、お墓の場所を決めなくちゃ。二人で行って決めたらいい。ぼくはその間に朝食をこしらえておこう。食事がすんだら……」

けれども二人は最後まで聞かず、そそくさと、走りだしていた。裏口でエミリーが振り返った。

「鍬《すき》が要るわよね？」てきぱきした口調だった。

「移植ごてでよかったら、物置小屋にあるよ」

エミリーとアナは庭にとびだした。帽子に黒いヴェールをつけて、大人と同じように威儀を正して本式のおとむらいを執り行うという晴れがましい期待に、嘆きを忘れ、すっかり興奮していた。

ビルは一種複雑な気持ちで、二人の後ろ姿を見送った。今の一幕に精力を使いはたしたようで、急にはげしい空腹を覚えていた。苦笑を浮かべながら彼はレンジの前にもどって、ベーコンを炒めだした。

しばらく後、階段を降りる軽やかな足音がしてクローダが戸口に姿を現した。ゆったりしたコットンのガウンを羽織っていた。ゆたかな髪が肩を覆い、素足で、まだ少し眠そうな目をしていた。

「いったい、何のさわぎ？」と小さくあくびをしながらクローダは訊いた。

「おはよう。あんまり騒々しいんで、目を覚ましちまったんだね」

「誰か、泣いていたみたいだけど」

「ああ、エミリーも、アナも、二人ともね。ギルバートが死んだんだよ」

「まあ、エミリーはさぞ悲しかったでしょうねえ」とクローダはビルの抱擁から身を引き離して言った。「だけどギルバート、ほんとうに死んでしまったの？」

「ああ、嘘だと思うなら自分で確かめたらいい」

クローダは水槽の所に行って中をのぞいた。「でも、どうして死んだのかしら」

「さあね、大体、ぼくは金魚のことはあまりよく知らないんだよ。何かわるいものでも食べたんじゃないかなあ」

「こんなふうに急に死ぬなんておかしいわ」

「金魚のことは、ぼくよりきみのほうがよく知っているらしいね」

「今のアナくらいのころ、金魚を二匹、飼ってたことがあるの。サンボとゴールディって名だったわ」

「独創的な名前だね」

クローダはぐったりしているギルバートの様子を黙って見守っていたが、ややあってゆっくり言った。「ゴールディがちょうどこんなふうだったことがあるのよ。父がひとったらしウィスキーを水槽の中に垂らしてやったら、急にまた泳ぎまわりだして。それに、魚の死骸ってふつう浮き上がるものじゃなくて？」

ビルはウィスキーという一語に耳をそばだてた。「ウィスキーをひとったらし？」

「ええ、この家にウィスキーなんて、あったかしら」

「ああ、あるよ。ごく親しい連中が訪ねてきたときのための、取っておきのやつがね。ギルバートにご馳走しても、そう筋違いってわけでもないかもしれないし、きみがやってみたければ、ひとったらしでも、ふたったらしでも、試してみたらいい。金魚の死骸に振りかけるのは多少勿体ないという気がしないでもないが――聖書の『豚の前に真珠を投げるな』の戒めにあるように」

クローダはこれには答えず、ガウンの袖をたくしあげ、手を水槽に入れると、指先でそっとギルバートの尻尾に触った。初めのうちは何事も起こらなかった。どうせ、望みはないのだ――とビルは思った。そしてレンジの前にもどって、シューシューと音を立ててベーコンを炒めだした。それにしても、ウィスキーを惜しがっているような口ぶりをしたのはちょっとまずかったかな。

「ねえ、もしきみがウィスキーが要るって言うなら……」

「見て！　ね、尻尾を動かしてるわ！」

「ほんとかい？」

「ええ、もう大丈夫みたい。泳いでるわ、すいすい。ほら、ほら……」

クローダが言ったとおり、ギルバートはすこぶる元気に泳ぎだしていた。生気なく横たわっていた体が立ち直り、金色の小さなひれを振って変わりばえのしない旋回を続けていた。

「クローダ、すごいじゃないか！　きみは奇跡を行ったんだよ」

くるくるくるくる泳ぎまわりながら、ギルバートは魚特有の冷ややかな目でじろっとビルを眺めた。ビルは思わずむかっとして口走った。「こん畜生、肝をつぶさせやがって」ともかくもよかった。「エミリーがさぞ喜ぶこったろう」

「エミリー、どこにいるの？」

こう訊かれて、ビルはやっとお葬式のことを思い出した。「アナと庭にいるよ」

お葬式についてクローダに話すのは、何となく気がさした。

クローダはにっこりした。「これで問題解決ね。わたし、バスルームを使うわ。エミリーにはあなたからギルバートが生きかえったことを話して、喜ばせてやってちょうだい」

こう言うと、ビルにキスを投げ、クローダは二階に上がって行った。

ベーコンが炒めあがり、パーコレーターがポコポコいいだしたころ、開けっぱなしの裏口から、エミリーとアナがつむじ風のように勢いよく跳びこんできた。

「すてきな場所、見つけたのよ、ビル！　マミーの花壇のバラの茂みの下よ！　すっごく大きな穴を掘ったんだから！」

「あたし、デージーの花ぐさり、つくったのよ」

「あたしは十字架をつくったの――木切れを二つ、組み合わせて。でも紐か、釘で留めないと、すぐ崩れちゃうの……」

「賛美歌も歌うことにしたわ」

「そうよ、『あめつちこぞりて』をね」

「それからねえ……」

「だめッ、そのこと、あたしが言う！」

「ねえ、ねえ……」

「ちょっと待ちたまえ」ビルはありったけの声で怒鳴った。エミリーも、アナも、あっけに取られて一瞬、沈黙した。

「話があるんだよ。ちょっとこっちにおいで」とビルは二人を水槽の前に引っぱって行った。

「どうだい？」

二人の少女は水槽をみつめた。ギルバートは何事もなかったように、例によって機械的に水槽の中を泳ぎまわっていた。透きとおるような、繊細な尾びれを軽やかにそよがせていたが、まるい出目は仮死状態のときと同様、ほとんど生気を感じさせなかった。

エミリーとアナはよほどびっくりしたのだろう、言葉もなく水槽の中を凝視していた。「ね？」とビルは言った。「死んでいたわけじゃなかったんだよ。一眠りとしゃれていただけだったのさ。マミーがくすぐったとたんに、動きだしてね」

二人ははかばかしい反応を示さなかった。

「ね、すばらしいだろう？」こうは言ったものの、我ながら無意味にはしゃいでいるようで、後ろめたかった。

二人の娘はあいかわらず一語も発しなかった。ビルは辛抱づよく待っていた。と、ようやくエミリーがぽっつり言った。

「ギルバート、殺しちゃおう！」

ビルは、はげしいショックと思いきりゲラゲラ笑いたいという衝動との間で、二つに引き裂かれている自分を意識した。エミリーの横っ面をピシャリとやったものか、それとも豪快に笑いとばしたものか。超人的な努力で自分を抑えて彼は結局、どっちもやらなかった。複雑な含みのある、しばらくの沈黙のあげく、我ながらあっぱれと思われる沈静な口調で、もっともらしく彼は言った。

「それは、やめとくほうがいいんじゃないかな」

「どうしてよ?」

「生命《いのち》はね、誰もが神さまから与えられているんだよ。つまり、神聖なものなのさ」こう言いながらも、ビルはいささかの歯切れのわるさを感じていた。クローダとの結婚式は教会であげてもらった。だが、神さまをこんな身近な事柄に関連づけて考えたこと、持ちだしたことはここ何年もないことだった。年来の親友の名を誠意もなしに持ち出したような、奇妙に後ろめたい思いが衝きあげていた。

「つまりさ、何であれ、生きているものを殺すのはよくないんだよ——金魚にしてもね。それに、きみたちはギルバートが大好きだったんじゃないか。ギルバートはきみたちのものだ。愛していたものを殺すなんて、とんでもないことだよ」

エミリーは下唇をぐっと突きだした。「でもあたし、お葬式、やりたいのよ。ビルはさっき約束したのよ、ちゃんとお葬式をしようって」

「ギルバートはだめだ。何かほかのものを埋めよう」

「何をよ? 誰をよ?」

小さな姉が考えつきそうなことをいち早く察して、アナがすかさず宣言した。「あたしのロボットを埋めるなんて、いやよ」

「もちろんさ。アナのロボットを埋めたりなんか、しないよ」こう答えながら、ビルは必死で思いめぐらした。そのときであった。ありがたいことに妙案がひらめいた。「ネズミのお葬式をしよう。かわいそうな、死んだネズミのお葬式をね。ほうら……」手品師が取っておきの種あかしをするように、レバーを足で踏んでゴミ入れの蓋を開けると、彼はブリーキーの戦利品であったネズミの尻尾をつかんで、意気揚々と差し上げた。

「けさ、ブリーキーがくわえてきたのを取っておいたのさ。ネズミだって、ゴミの缶の中で一生を終えるんじゃ、かわいそうだからね。お葬式ぐらい、してやらなくちゃ」

エミリーとアナはネズミの死骸をみつめた。ちょっと間を置いてから、エミリーが言った。

「前に言ってたみたいに、葉巻の箱の中に入れてくれる？」

「もちろんだよ」

「賛美歌を歌ったり、そのほかのこともみんな、やる？」

「きまってるじゃないか。賛美歌は『あめつちこぞりて』だったね？　ぴったりだと思うよ」紙のタオルを調理台の上にひろげて、ビルはすでに硬くなっているネズミの死骸をそっとその上に横たえた。手を洗って拭きながら、彼は二人の娘のほうに向き直った。

「ネズミのお葬式でもかまわないね？」

「すぐ始めてもいいの？」

「まず朝食を食べなきゃ。ぼくはおなかがぺこぺこなんだよ」

アナはすぐテーブルのところに行き、椅子を引き出してすわったが、エミリーはしばらく水槽の前にたたずんで、あらためてギルバートの健在を確認した。ガラスに鼻の頭をぺっちゃりくっつけて、ギルバートの遊泳に合わせて、ひとしきりガラスの上に指先で曲線を描いていた。ビルは辛抱づよくじっと待っていた。

エミリーが彼のほうを振り返ると、二人はじっと目と目を合わせた。エミリーが言った。「ギルバートが死ななくてよかった」

「ぼくもうれしいよ」とビルは心からほっとして、にっこりした。誘われるように、エミリーもにっこりした。その笑顔が母親のクローダにあまりにもそっくりだったので、ビルは思わず両手をひろげた。エミリーが吸いよせられるように近づくと、二人はひしと抱きあった。言葉もなく。いや、言葉の必要はなかった。ビルは身をかがめて、エミリーの頭のてんぺんにそっとキスをした。エミリーはいつもと違って、彼の抱擁にすなおに身を委せていた。それは試験的ではあったが、親子としての、二人の初めての抱擁であった。

「エミリー」とビルは言った。「きみはとってもいい子だね」

「あなたも、とってもいい人ね」とエミリーは言った。そのとたん、ビルの胸に、言いようのない感謝の思いがあふれた。どういうわけか――おそらく神さまのお力ぞえだろう、彼は二人の小さな娘にたいして間違ったこと、不適切なことを何ひとつ言わずにすんだ。いや、むしろ、適切な受け答えをし、臨機応変に対処することができた。これはひとつの足がかりになるだろう。ささやかではあるが、足がかりには違いない。

とまあ、彼がこんなふうに考えていたとき、エミリーが付け加えるように言った。

「ほんとに、ほんとのいい人だわ」

ほんとにほんとのいい人――ビルは心底感動していた――だとしたら、これは単なる足がかり以上のものかもしれない。今の今、自分はほとんど半ば近くまで、いい父親になろうという、所期の目標を達成したのかもしれない。

こみあげる思いに胸がいっぱいになって、ビルはエミリーをもう一度、かたく抱きしめた。それからようやくその手を放した。

朝食後に執り行うべきネズミのお葬式の期待にわくわくしながら、三人は打ちそろってテーブルについたのであった。

長かった一日

Toby

もう数日でイースターという肌寒い早春のある朝、郵便配達のジェイミー・トッドがハーディング家の台所に入ってきて、テーブルの上に郵便物を置いた。「ソーコムさんが亡くなったそうです。心臓の発作を起こして」と彼はぼっそり言った。

八歳のトビーは、頬ばったコーンフレークが湿ったおがくずのようにもさもさと口の中にひろがるのを感じながら、ぽかんとジェイミーの顔を見返した。のどに大きな塊がつかえているようで、コーンフレークを呑みこむこともできず、噛むことも忘れていた。

ただありがたいことに、ものも言えないほどのショックを受けたのは彼だけではなかった。父親は出勤に備えてすでにスーツに着替えて食卓につき、そそくさと朝食をすませて立ち上がろうとしていたのだが、コーヒーカップを下に置くと、すわり直して訊ねた。

「ビル・ソーコムが亡くなったって？　いつ、聞いたんだね？」

「配達に回ろうとしていたとき、牧師さんに会って。ちょうど教会から出てこられたんですが」

トビーが母親の方に視線を移すと、母親の目には見る見る涙があふれだしていた。母さん、泣かないで――とトビーは心の中で叫んだ。母さんが泣くのを見るのは、これが初めてではなかった。年取った飼犬を安楽死させなければならなかったときに母さんが泣いたのを、トビーは見ていた。大人も泣くんだと思うと、安定していた世界が急に崩れだしたような不安が、その後何日か、トビーにつきまとって離れなかったものだ。「ソーコムさんの奥さん、ショックでしょうねえ。

どうしていらっしゃるかしら」と母親は涙声でつぶやいた。

「確か二年ばかし前にも、心筋梗塞をやっていましたっけね」とジェイミーが言った。

「でも、その後すっかり元気になられて、調子もよかったはずよ。農場にかまけて忙しく過ごしていらっしゃったのをペースダウンして、庭いじりをしたり、少しは暇をつくるつもりだって言ってなさったのに……」

ヴィッキーが突然口走った。「ひどいわ、ひどすぎる！　ああ、たまらない！」

トビーの姉のヴィッキーは十九歳。たまたまイースターの休暇で帰省していたのだが、普段はロンドンで友だち二人とアパート暮らしをして、会社勤めを続けている。休暇中、ヴィッキーはいつも白いタオル地のバスローブ姿で朝食に降りてくる。ヴィッキーの眼はバスローブの立て縞と同じ藍色だった。淡い色合いの金髪を長く垂らしているその顔は、ときによってひどく愛らしく見えたが、これといって魅力のない、月並な顔立ちに見えることもあった。いまは、その後《あと》の方と言えた。気が転倒しているとき、ヴィッキーの口の両端はいまにも泣きださんばかりにゆがみ、小作りの顔が尖って見える。父親はいつもヴィッキーに、もっとふとらなくちゃいけないと言い言いしていたが、屈強な農夫に負けないくらいよく食べるのに、いっこうに太らないたちらしく、食いしん坊と笑われることはあっても、少食を責めることは誰にもできなかったろう。

「ほんとうにいい方だったのにねえ。寂しくなるわ」と母親はしみじみ言って、トビーの顔を見まもった。トビーはまだコーンフレークを頬ばったまま、ぼんやりすわっていた。母親は――いや、家族の誰もが知っていた。ソーコム氏がトビーの特別な親友だったことを。母親は片手を伸ばして、トビーの手の上に重ねた。「ええ、トビー」と母親は静かに言った。「わたしたち、みんな、悲しいのよ」

　トビーは答えなかったが、母親の手の温かみを感じつつ、口の中のコーンフレークをようやく呑み下していた。これ以上、もう一口も食べられそうにないと察したのだろう、母親はまだ半分ほど入っているコーンフレークのボウルを、トビーの前から取り去った。

「ただ農場の方は、今後はトムが万事引き受けるでしょうからね。ソーコムさんの奥さんも、ひとりで切り回して行くわけじゃありませんから」とジェイミーがまた言った。

　トムは二十三歳になる、ソーコム氏の孫だった。ヴィッキーとトムは、以前はパーティーやポニー・クラブのダンスに、〝しょっちゅう〟連れ立って出かけた。夏には馬術会のキャンプに一緒に参加した。けれどもトムは農大に入り、ヴィッキーもビジネス・カレッジに進んで秘書の養成課程を終えると、ロンドンで会社勤めを始めた。そんなこんなで、近ごろでは行動を共にすることがなくなっていた。

　トビーは、何もかもヴィッキーのせいだと憤慨していた。ヴィッキーはロンドンであたらしい友だちをたくさんつくって、おりおり何人かを引き連れて帰省した。トビーは、そうした連中の一人だってトムの足もとにもおよばないと考えていた。フィリップという青年が、年末から新年にかけてハーディング家に逗留したことがあった。背の高い金髪の男で、ぴかぴか光る、黒い魚雷のような見てくれの車を乗り回していたが、どうしてか、ハーディング家のような、ごく普通の家の生活にしっくり馴染まない感じがした。フィリップばかりではなかった。ヴィッキーまで浮き上がっているようで、見ていて、トビーは何となく落ち着かない気持ちに駆られた。話し方、笑い方まで、ヴィッキーらしくなくなってしまっているようだった。

大晦日の夜にハーディング家でちょっとしたパーティーがあり、トムも招かれてやってきた。けれどもヴィッキーは彼にたいしてどこかよそよそしい、素っ気ない態度を取った。無理もないことだが、トムは明らかに気持ちをひどく傷つけられたらしかった。トビーは、姉のそんな態度が不愉快だった。トムが大好きだったし、ないがしろにされるのを見ていられなかった。面白くもないパーティーが終わったとき、彼は母親に、そんな自分の気持ちをぶちまけた。

「よくわかるわ、あなたが感じていることは」と母親は言った。「でもねえ、ヴィッキーの生活に口出しはできないわ。あの子が決めたことにしてもね。ヴィッキーはもう大人なの。自分で友だちを選ぶことができるのよ。たとえ間違った選択をすることがあっても、自分で選んだ道を行くことになるでしょうよ。それには、家族だって干渉できないのよ」

「あんなひどい態度を取るんだったら、ぼく、もうヴィッキーと家族でなんか、いたくないよ」

「そう思うのも無理はないかもね。でもヴィッキーはやっぱりあなたのお姉さんよ」

「ぼく、大嫌いだ、あのフィリップってやつ」

しかしありがたいことに、フィリップはその後、いつの間にか、ヴィッキーの生活から消えてしまったらしく、二度と招かれることはなかった。ヴィッキーは彼の名前をぷっつり口にしなくなり、やがてほかの名前が彼のそれに取って代わった。トビーを含めて、ヴィッキーの家族は安堵の吐息をつき、すべては以前の状態にもどったかに見えた――トムとの間柄をのぞいては。そのパーティーの夜を境として、トムとヴィッキーはまったく交渉を断ってしまったようで、いまではヴィッキーが帰省しているときは、彼はまったくハーディング家に寄りつかなかった……

「ああ、ソーコムの奥さんが万事をひとりで切り回す必要はないな」とハーディング氏がジェイミーにむかって言った。「頼りになる働き手が、ちゃんといるわけだし」それからちらっと時計を見て、立ち上がった。「さて、私はもう出かけるが、ジェイミー、知らせてくれてありがとう」

「いや、どうも。悲しい知らせを伝えることになっちまって」とジェイミーは答えて、赤い小型の自動車に乗りこんで立ち去った――郵便を配達し、かたがた教区の他の家々に悲報を伝えるために。トビーの父親も会社に向けて車で出発した。ヴィッキーは着替えのために二階に上がって行き、食卓にはトビーと母親だけが取り残された。

トビーが母親の顔を見ると、母親はやさしく微笑を返した。トビーはつぶやいた。「友だちが死ぬって、ぼく、初めてなんだよ」

「人間は誰でも死ぬのよ、遅かれ早かれ」

「でもソーコムさん、やっと六十二歳だったのに。自分でそう言ったんだよ、おととい。六十二歳って、まだそう年寄りじゃないでしょう？」

「心臓病は思いがけないときに起こるものだからねえ。でも、長いこと寝こんだり、苦しんだりってことがなかったのは、せめてもじゃないかしら。寝たきりで、家族に何もかもやってもらうなんて——誰かに迷惑をかけるなんて——ソーコムさんにとっては、たまらないことだったでしょうから。ねえ、トビー、誰かが亡くなったときはね、その人についてのいいことを思い出すのよ——楽しかったときをね。そして、よかったってしみじみ思うの——そうした思い出をもっていることを」

「でも、ぼく、よかったなんて思えないよ、ソーコムさんが死んだこと」

「死ぬってことも、生きていることの一部だからねえ……」

「だって、ソーコムさん、たった六十二だったんだよ」

「ねえ、ベーコン・エッグをこしらえてあげるわ。少し食べてみない？」

「ベーコン・エッグなんてほしくないよ」

「何か、やりたいことはないの？」

「わかんない」

「村に行って、デヴィッドと遊んできたら？」デヴィッド・ハーカーはトビーの休暇中の遊び友だちだった。父親はパブを経営していて、時によるとただでソーダ水を飲ませてくれたり、ポテトチップスを一袋くれたりした。

トビーはちょっと考えた。何もせずにぼんやり過ごすよりはましかもしれない。「行ってもいいや」と彼は椅子を後ろに押しやって立ち上がった。誰かにひどく小突かれたように、胸がキリキリと痛んでいた。

「そしてねえ、トビー、ソーコムさんのことをあまり悲しむんじゃないのよ。あなたが悲しがっていると、ソーコムさんも、うれしくないと思うわ」と母親は静かに言った。


トビーは家を出て、小道を下った。小道とソーコムさんの農場の一部である牧場の間に、ヴィッキーが以前、ポニーを飼っていた草地がある。しかしポニーはとうの昔に手放され、トビーの父親はその草地をミセス・ソーコムの四頭の雌羊の放牧場として提供していた。とがった角をもつ、ぶちのその四頭はミセス・ソーコムのペットで、デイジーとか、エミリーといった古風な名前がついていた。十月末の冷たい朝、トビーが羊を見に行くと、雌の中に強そうな雄が一頭まじっていた。雄はしばらくして、ガタガタの小型トラックの中に手荒にほうりこまれて、帰って行った。だが、その雄は短い間に期待どおりの役目を果たしたようで、すでに双子の子羊が三組、生まれていた。まだ出産の時を迎えていないのはデイジーだけだった。

トビーは柵から上半身を乗り出して、デイジーの名を呼んだ。デイジーは威厳のある物腰でゆっくりと近づき、彼が差し出した手に形のよい鼻面をこすりつけて、屈曲した、誇らかな角の間の厚い毛を、彼の愛撫に委ねた。

トビーはトムを真似て、目ききする専門家のようなまなざしで、デイジーを眺めやった。腹がひどくふくれている。長い、やわらかい毛のせいで、いっそう大柄に見えた。「おまえ、今日あたり、双子を産むつもりかい?」とトビーは訊いてみた。

「デイジーも、いずれ双子を産むだろう」と、ソーコムさん、言ってたっけ——つい一日二日まえに。「つまり、二〇〇パーセントのボーナス出産ってことだな。羊飼いの待望の、願ったり叶ったりというやつさ。そうあってほしいと思っているんだよ、私はね。うちの奥さんが喜ぶだろうから、ぜひともそうあってほしいのさ」

ソーコムさんと、もう二度と話し合うことができないなんて、とてもじゃないが信じられない。亡くなったなんて、この世のどこにもいなくなってしまったなんて。死んだ人はほかにもたくさんいる。でもぼくがよく知っている人で死んだのは、ソーコムさんが初めてだ。お祖父ちゃんが亡くなったときにはまだ小さかったから、お祖父ちゃんのことは、いまではほとんど思い出せないくらいだ。お祖母ちゃんのベッドの脇に置いてある写真と、お祖母ちゃんの思い出話から、あれこれ考えるだけで。

お祖母ちゃんはお祖父ちゃんが亡くなってからも、がらんとした古い家でしばらく一人暮らしをしていたが、追々毎日の生活に不便を感ずるようになった。そこでトビーたちの父親が家の裏手の一角を手直しして、お祖母ちゃんの住まいをつくった。だから、いまではお祖母ちゃんはトビーたちと暮らしているわけだった。もっとも何から何まで一緒ではなかった。お祖母ちゃんの住む一角は母屋とつながってはいるが、それなりに独立性を保っており、台所も浴室も別で、お祖母ちゃんは食事も自分でつくっていた。トビーたちがお祖母ちゃんを訪ねるときは、ちゃんとドアをノックするように、母親から言われていた。いきなりドアを開けて飛びこむのは失礼だし、お祖母ちゃんのプライバシーを侵すことになる——そう母親は言うのだった。

トビーはデイジーのそばを離れて、まだぼんやり考えこみながら、村のほうに歩きだした。亡くなった人はソーコムさんが初めてではない。よろず屋と郵便局を兼ね合わせて経営していたフレッチャーおばあさんが亡くなったとき、トビーの母親は黒い帽子をかぶって葬式に出席した。でもフレッチャーおばあさんはトビーの親友ではなかった。実を言うと、トビーは前々からフレッチャーおばあさんを少し恐れていた。ものすごく年を取った、醜い老婆で、黒い大きな蜘蛛が這いつくばっているような感じで椅子にすわり、切手を売ったりしていた。やがて体が弱って店番は娘のオリーヴおばさんがするようになったが、フレッチャーおばあさんはほとんど亡くなる日まで、入れ歯をはめた口をもぐもぐさせながらソックスを編んだりして、店先にすわっていた。細い眼は何一つ見逃さないぞというように、あちこちに配られていた。そう、トビーはフレッチャーおばあさんがあまり好きではなかったし、亡くなっても、とくに寂しいとは思わなかった。でも、ソーコムさんの場合はまったく違う。まだ亡くなったばかりだというのに、彼はすでにど

うしようもなく侘しい気持をもてあましていたのであった。

デヴィッドのところに行ってみようか。「デヴィッドと遊んできたら?」と、母さんは言った。でもデヴィッドと宇宙飛行士ごっこをするのも、パブの裏手の庭の奥を流れているどぶ川で魚を取るのも、あまり気が進まなかった。それより、もう一人の親友の、大工のウィリー・ハレルのところに行こうと、トビーは思った。ウィリーは物静かな、ゆっくりとした話し方をする男で、たいていは胸当てのついたオーバーオールを着て、大きめのツイードの帽子を頭に乗せていた。ウィリーがあたらしい食器戸棚を台所に取り付けるために家にやってきたときに、トビーは初めてウィリーと知り合った。それ以来、トビーは休暇中の朝など、しばしばウィリーの仕事場で過ごすようになった。ウィリーは無口なたちで、言葉をかわすといってもほんの二言三言がせいぜいだったが。

しかしウィリーの仕事場は、いつも魔法の国のように魅力にあふれていた。快い木の香りが漂い、くるくると縮れた鉋屑《かんなくず》が床に散らかっていた。この仕事場でウィリーは窓枠や小梁や大梁はもちろん、農家の門や納屋のドアなど、手のこんだものもつくった。ときには、棺桶をつくることもあった。実は彼は大工であると同時に、村の唯一の葬儀屋でもあったのである。葬儀屋としてのウィリーは大工のときとはまるで人変わりしたようで、中折れ帽をかぶり、黒いスーツを一着におよんで、うやうやしく声をひそめ、一種敬虔な、沈んだ表情を顔に浮かべていた。

彼の仕事場のドアは、今日は大きく開けはなたれ、鉋屑の散らかった裏庭に小型トラックが止めてあった。トビーは戸口に立って、中をのぞいてみた。ウィリーは腰掛けにもたれて、魔法瓶から注いだお茶を飲んでいた。

「ウィリー！」

ウィリーは顔を上げて、「やあ、トビー！」と言ってにこっと笑った。「どうした？　何か、用かい？」

「うん、ちょっと話がしたくて」と、トビーは答えながら、ウィリーはソーコムさんが亡くなったことを知っているんだろうかと思いめぐらしつつ、ウィリーのそばに行き、腰掛けに身をもたせかけると、ねじ回しを取り上げていじくった。

「退屈しているのかね？」とウィリーが訊いた。

「することがないんだもん」

「少し前にデヴィッドに会ったが、カウボーイの帽子をかぶって自転車に乗っていたっけ。ひとりでカウボーイごっこをやっても、あまり面白くはあるまいが」

「ぼく、カウボーイごっこなんか、やりたくないんだ」

「だが、今日はおれも仕事の手を止めておまえの相手をする暇はないんでね。早いとこ、一仕事、すませなくちゃならんのだ。ソーコムのところに十一時までに行くことになっているから」

トビーはそれには答えなかったが、ウィリーの言葉の意味は十二分にわかっていた。ウィリーとソーコムさんとは昔からの友だちで、ボーリングのチームではいい相棒だったし、教区委員も一緒につとめてきた。そのソーコムさんが……。トビーはウィリーがしようとしていることが何であるか、考える気もせずに夢中で言った。

「ウィリー」

「何だね？」

「ソーコムさん、死んじゃったんだって」

「おまえが知っているってことは察しがついていたよ」と、ウィリーは思いやり深い口調で言った。「入ってきたとき、すぐわかったのさ」ウィリーは茶碗を下に下ろし、片手をトビーの肩に置いた。「なあ、そうしょげこむもんじゃない。そりゃ、もちろん、つらいだろうが、あまり悲しむのはよくないな。おれたち、みんな、あの人がいなくなってひどく、寂しいんだから、まあ、当然だがね」としみじみ言った。そう言いながらも、彼自身、侘しげな口調になっていた。

「ソーコムさん、ぼくの親友だったんだ」

「知っているよ」と、ウィリーは首を振った。「友情ってやつはおかしなもんだな。おまえはまだ小さい。いくつだっけ？　まだ八つか。だのに、おまえとビル・ソーコムは、いわば切っても切れない間柄だった。おれたちはいつも、それはおまえが姉さんのヴィッキーと年が離れていて、とかくひとりぼっちで過ごすことが多いせいだろうと考えていた。いってみりゃあ、おまけってなもんで。おれたち――おれとビル・ソーコムはおまえを、『おまけっ子』と呼んだものだよ。『ハーディングのおまけっ子』ってね」

「ウィリーは……ソーコムさんのお棺をつくるの？」

「ああ、たぶんな」

トビーはウィリーが吟味して素材を選び、表面に鉋《かんな》をかけて、あたらしい木の香のする、温かいお棺の中にソーコムさんの体をそっと横たえるところを想像した。まるでベッドに寝かせて毛布に包みこむようにやさしく。そう想像すると、不思議と体が温まるような感じがした。

「ウィリー」

「何だね？」

「人が死んだらお棺に入れて、お墓に運ぶんだよね。死んだ人は天国に行って、神様のそばで暮らすんだよね。でもさあ、その中間はどうなの？　どういうことが起こるの？」

「そうさなあ」とウィリーはゆっくり言って、茶碗の中に残っていたお茶を飲みほすと、トビーの頭の上に片手を置いて軽く揺さぶった。「それはたぶん、神様とおれとの間の秘密じゃないかな」


ウィリーはやがて小型トラックに乗ってソーコム家に出かけて行ったが、トビーは結局、デヴィッドと遊ぶ気になれずに家に引き返した。ほかにすることを思いつかなかったからだった。近道をしようと例の羊の放牧地にさしかかると、すでに出産を終えた三頭の雌羊はそれぞれ仔を連れて草地のまんなかで草を食べていたが、デイジーだけは強い春の日ざしと風をよけて、放牧地の一隅の、丈の高い松の木の木陰で休んでいた。驚いたことにそのかたわらに、子犬のように小さな、いたいけな一匹の子羊が、ひょろつく足を踏みしめて、心もとなげに立っていた。

トビーは、出産直後は気が立っているだろうから母羊のそばに近寄らない方がいいと心得ていたので、しばらく黙って様子を見守り、生まれたばかりの子羊が乳を求めて鼻面を母親の大きな体にこすりつけるさまを眺め、子羊にやさしく話しかけているようなデイジーの声を、ひとしきり聞いていた。無事な出産をうれしく思う一方、双子じゃなかったのかと少し失望してもいた。ミセス・ソーコムのペットの二〇〇パーセントのボーナス出産は、実現しなかったのだ。

デイジーがややあってぎごちない様子で横になると、子羊もそのかたわらに倒れこんだ。トビーは草地を横切り、柵を乗り越えて家にもどるなり、母親に言った。「デイジーが仔を一匹、産んでたよ。お産はこれでおしまいらしいや」

昼食のためにマッシュポテトをつくっていた母親が、ストーブの前から振り返って訊いた。

「双子じゃなかったのね？」

「一匹だけしかいなかったよ。乳を飲んでいたし、元気そうだったけどね。トムに知らせた方がいいんじゃない？」

「電話してみたらどう？」

トビーは首を振った。ひょっとしてミセス・ソーコムが電話に出たら、何て言ったらいいかわからないと思ったからだった。

「母さん、電話してくれない？」

「ごめんなさいね。いまはちょっと手が離せないの。お昼食の支度がおわったところだし、食事がすんだら、ミセス・ソーコムのところに花を少し届けようと思っているし。そのときでよかったら、トムに伝言してあげるけど」

「すぐ知らせた方がいいと思うんだよ。羊がお産をしたときは一刻も早く知る必要があるって、ソーコムさん、いつも言っていたんだ。『万が一ってこともないとは言えないからね』って」

「そうね。そんなに心配だったらヴィッキーに電話してもらうといいわ」

「ヴィッキーに？」

「頼んでみるだけなら、どうってこと、ないんじゃないかしら。いま二階でアイロンをかけてるのよ。ついでに、食事だって言ってちょうだい」

トビーは二階に上がって行った。「ヴィッキー、食事だよ。それからねえ、デイジーが仔を一匹産んだんだ。ソーコムさんのとこに電話して、そのこと、トムに知らせてくれない？　なるべく早く知らせた方がいいと思うんだ」

ヴィッキーはガタンと大きな音を立てて、アイロンを置いた。「トム・ソーコムに電話するなんて、あたしにそんなことをする気はないわ」

「どうしてさ？」

「どうしてって、したくないからよ。あんたが自分でかけたらいいじゃないの」

ヴィッキーがどうしてトムと話したがらないか、トビーにはよくわかっていた。あのパーティーのときにトムにたいしてひどい態度を取ったから、そしてそれ以来、トムがヴィッキーと一言も口をきかなくなってしまったからに決まっている。「自分でかけたらいいじゃないの」とヴィッキーは繰り返した。

トビーは鼻の頭に皺をよせた。「もしか、ミセス・ソーコムが電話に出たら？　ぼく、何て言ったらいいか、わかんないよ」

「だったら、母さんに頼みなさいよ」

「母さん、いま忙しいし、暇もないんだって。食事がすんだらすぐ、ソーコムさんとこ行くんだってさ」

「伝言を頼めば？」

「母さん、そうしてもいいって言ってたけど……」

「だったら、そうしてもらったらいいわ」とヴィッキーは腹立たしそうに言った。「何をそうカリカリしてんのよ？」

トビーはかたくなに言った。「ソーコムさん、羊がお産をしたときは、いつもすぐ知りたがってたんだ」

ヴィッキーはふと眉を寄せた。「ねえ、デイジーの様子、べつにおかしいってわけじゃないんでしょ？」

ヴィッキーもトビー同様、デイジーを特別にかわいがっていたのだった。不機嫌そうな、尖った声が、いつものやさしい声に変わっていた。

「そんなこと、ないと思うけど」とトビーは小さく答えた。

「だったら大丈夫よ」ヴィッキーはスイッチを切って、アイロンを冷やそうと立てかけた。「さあ、下に行ってお昼食を食べようじゃないの。あたし、おなかがぺこぺこよ」

朝のうち、きれぎれだった雲が低く垂れこめて、どんよりした曇り空が広がり、昼食が終わるころには、ぽつぽつと雨が降りだした。トビーの母親はゴム引きのコートを着こみ、大きな水仙の花束をたずさえて、車でミセス・ソーコムのところに出かけた。ヴィッキーは髪の毛を洗うと言ってひっこみ、ひとりになったトビーは何をする気もせず、自分の部屋に行くと、ベッドに寝そべって、図書館から借りてきた本を読みはじめた。北極探検の話だったが、一章も読み終わらないうちに、小道をこっちに近づいてくる車の音に気づいた。車は砂利の上にタイヤをきしらせて、玄関の前で止まった。トビーは本を置いて起き上がり、窓辺に行った。見下ろすと、トム・ソーコムが愛車の古ぼけたランドローヴァーから降りるところだった。

トビーは窓を開けて身を乗り出した。「やあ！」

トムが上を見上げた。縮れた金髪が雨にぬれ、日焼けした顔に青い目が輝いていた。ラグビー選手らしい、がっしりした肩を、畑仕事をするときにいつも着ている、つぎの当たったカーキ色のジャケットに包み、色あせたジーンズ、膝までの緑色のゴム長をはいていた。

「きみのお母さんからデイジーのことを聞いてね、それで様子を見にきたんだよ。ヴィッキーはいる？」

トビーは少なからずびっくりしたが、「今、髪を洗ってるよ」と答えた。

「呼んできてくれないか。もう一匹、子羊が生まれるかもしれないんでね。手が借りたいんだ」

「ぼく、手伝うよ」

「ああ、わかってる。だがきみだけじゃ、ちょっと力不足だと思うんだ。デイジーのような大きい図体の羊を押さえてなきゃならないんだからね、ヴィッキーにも手伝ってもらわないと無理じゃないかなあ」

トビーは窓から頭をひっこめて、言われたとおり、姉を呼びに行った。

ヴィッキーは浴室の洗面台に向かって、ゴム製のシャワーを片手に、洗い上げた髪をすすいでいた。「ヴィッキー、トムがきてるよ」

ヴィッキーは水栓を止めて、上体を起こした。淡い色の髪の毛から水がポタポタと滴り、Tシャツをぬらしていた。髪の毛を手でぐいと後ろに押しやって、ヴィッキーは弟の顔を見返した。「トムが？　いったい、あたしに何の用があるのかしら」

「デイジーのおなかの中に、もう一匹、子羊が残っているんじゃないかって、トムは言うんだよ。それで手伝いが要るんだけど、ぼくだけじゃ、力不足なんだって」

ヴィッキーはタオルを摑んで、頭にぐるぐる巻きつけた。「どこにいるの、トムは？」

「下で待ってるよ」

ヴィッキーはやにわに浴室から走り出て、階段を駆けおりた。

トムは二人が仲たがいをする前にいつもしていたように、家の中に入って待っていた。「子羊がもう一匹、おなかの中に残っているとしたら、死んじゃっているんじゃないの？」とヴィッキーが訊いた。

「それはまだわからないが」とトムは答えた。「バケツに水を汲んでくれないか。それと石鹸を、草地まで持ってきてもらいたいんだ。トビーはぼくと一緒にきてくれ」

外は土砂降りの雨になっていた。トムとトビーは小道を下り、石楠花《しゃくなげ》の茂みの脇の、雨にぬれた草地を横切り、柵を乗り越えた。篠つくような雨をすかすと、じっと立って彼らを待っているデイジーの姿が見えた。子羊を後ろにかばって、デイジーはこっちに頭を突き出していた。そして二人が近づくと、胸の奥底からしぼりだすような声を発した。元気なときの鳴き声とは似ても似つかなかった。

「よし、よし、いい子だ」とトムはやさしく言った。そして「よーし、よし」となお繰り返しながら素早く近よって、いきなり二本の角を押さえた。いつもだと誰かが角にさわっただけで嫌がって暴れだすデイジーだったが、いまは抵抗もせずにおとなしく身を委せていた。彼女なりに助けが要ること、トムとトビーが自分を助けにきてくれたのだということを、察しているに違いないとトビーは考えた。

「そうだ、おとなしくしているんだぞ」とトムは言って、片手でデイジーの背中の、雨にぐっしょりぬれた、厚ぼったい毛を撫でさすった。

トビーはトムのすることを息を殺して見守っていたが、胸がはげしく高鳴っていた。しかし今は不安よりも、興奮が彼を捕らえていた。トムが一緒なので恐ろしくはなかった。ソーコムさんが一緒だと、世界中に何一つ怖いものはないという気がしたものだったが、ちょうどそれと同じだった。

「でもさ、トム、デイジーのおなかの中にもう一匹、子羊がいるんだとすると、どうしてまだ生まれてこないんだろう？」とトビーはそっと訊いてみた。

「図体が大きすぎるからじゃないかな。それとも逆子《さかご》なのかもしれない」とトムは答えて、家の方に視線を走らせた。つりこまれてトビーがそっちを見ると、ヴィッキーがアザラシの背中のように滑らかに光る髪の毛を揺すり、すんなりした長い足をせかせかと運んで、近づいてくるところだった。水がなみなみと入ったバケツの重さに体を少し傾けていた。

ヴィッキーが彼らのそばにバケツを下ろすと、トムが言った。「よし、じゃあ、こいつを押えていてくれ、ヴィッキー、しっかり、だがやさしくね。抵抗はしないと思うよ。こいつの毛の中に指を突き立てるようにして、ぜったいに離すんじゃないぞ。きみは、トビー、角をぎゅっと押えてくれ。押えながら話しかけるんだ、安心させるように。そうすりゃ、こいつにもぼくらが自分を助けたいと思っているんだって、わかるだろうからね」

ヴィッキーは今にもわっと泣きだしそうな、緊張した顔をしていたが、泥の上にいきなり膝をつくと、両腕をデイジーの体のまわりに回して、毛が密生している脇腹に頬を寄せて、「かわいそうにね、デイジー、勇気を出すのよ！　怖がることは何もないんだから。大丈夫よ、きっと大丈夫よ」と、ささやきかけた。

トムはジャケットも、シャツも、Tシャツもかなぐり捨てて、上半身、裸になって両手と両腕に石鹸を塗りたくった。

「さあ」と彼は叫んだ。「用意ができたぞ！」

トビーはデイジーの角にしがみつきながら、目をギュッとつぶっていたいと思った。だが、そうはしなかった。「こいつに話しかけるんだ」とトムは言った。「安心させるように」と。「よし、よし、いい子だ」とトビーはデイジーに言った。トムの口真似だったが、何を言ったらいいか、ほかに思いつかなかった。「いい子だ、デイジー、いい子だ」

これが出産なのだ。あたらしい生命が生まれ出る、永遠の奇跡なのだ。「永遠の奇跡」――ソーコムさんはいつもそう言っていた。そのあたらしい生命の始まりに、彼トビーは今、立ち会っているのだ。力を貸しているのだ！

「よーし、よし……そうだ、それでいいんだ……気張《きば》ることはないよ、デイジー、楽にしてていいんだ……」と、トムが低い声で言うのが聞こえた。

デイジーは一声、怒ったような、不快げな悲鳴を洩らした。

「出てきたぞ！」とトムが叫んだ。「何てでっかい赤ん坊だろう！　生きているよ、ちゃんと生きているよ！」

そして次の瞬間、トビーは見たのだった――この一騒ぎのそもそもの原因である赤ん坊羊を。黒い斑点が規則的に点々としている白い子羊が、血まみれの体を地面にぺっちゃり横たえていた。生まれたばかりの赤ん坊としてはびっくりするほど大柄で、見るからに健康そうだった。トビーはデイジーの角を放し、ヴィッキーも脇腹を押えていた両手を放した。自由の身になったデイジーは、あたらしく生まれた仔を検分しようと振り向いた。そして母親らしくやさしい低い声で鳴き、身を屈めると、仔の体をペロペロとなめはじめ、しばらくすると鼻面でそっとそいつをつついた――二度、三度。

仔はやおら動きだし、頭をもたげ、長い、細い脚をおぼつかなげに踏んばったと思うと、驚いたことに、よろよろと立ち上がった。デイジーはあらためて、その体をなめはじめた。はっきりわが子と確認し、愛し、保護する責任を引き受けるかのように。仔は、酔っぱらいのようによろよろと一、二歩踏みだし、母親の励ましを感じ取ったのか、やがてチューチューと乳を吸いだした。

トムがシャツをタオル代わりにして体を拭き、服をすっかり着こんだ後にも、三人は降りつづける雨も忘れて長いこと、デイジーとその二匹の仔を見守っていた。つい今しがた目のあたりに見た生命の奇跡に魅せられ、自分たちの助力とその成果を喜ぶ思いに浸っていたのであった。ヴィッキーとトビーは松の古木の根かたに並んですわっていたが、ヴィッキーの顔には、トビーが久しく見たことのない、さわやかな微笑が浮かんでいた。

ヴィッキーはトムの方に向き直った。「もう一匹、生まれるはずだったってこと、どうしてわかったの?」

「腹がまだかなり大きかったし、気分がわるそうで、何となく落ち着かない様子だったからだよ」

トビーが横合いから言った。「ソーコムおばさんが喜ぶ、二〇〇パーセントのボーナス出産だね」

トムがにっこり笑って答えた。「そのとおりだよ、トビー」

「でもなぜ、あたしたちが手を貸す必要があったのかしら」

「こいつを見てごらん。とびきり大きなやつだろう。頭からしてばかでかい。とにかくもう万事、心配は要らないよ」と言って、ヴィッキーの顔を見やった。「心配しなきゃいけないのは、むしろきみのほうだよ。そんなところにこれ以上すわりこんでいたら、髪の毛は乾いていないんだし、風邪をひくこと、請け合いだ」トムは身を屈めて、片手でバケツを取り上げ、もう一方の手をヴィッキーに差し出した。「さあ!」

彼の手にヴィッキーが片手を預けると、トムは引っぱって彼女を立たせた。二人は顔を見合わせて笑みをかわした。

「ぼくら、また話しあえるようになったんだね。よかったよ」とトム。

「あたしがわるかったのよ、ごめんなさいね」とヴィッキー。

「ぼくもわるかったと思っているよ」

ヴィッキーはちょっとはにかんだような表情になり、それからすまなそうにまたほほえんだ。口の両端がぐっと下がっていた。「あたし、喧嘩なんて、これっきり、もう二度としたくないわ」

「うちの祖父さんがいつも言ってたっけ——喧嘩をするには人生短すぎるって」

「そうだわ。あたし、まだお悔やみを言ってなかったわね。とても残念だわ……お祖父さんが亡くなったこと。あたしたちみんな、何て言ったらいいか、わからないくらい、ショックを受けたのよ。ちゃんと言えないけど……あたし……あたし……」

「わかっている」とトムは答えた。「事柄によっては、口に出して言う必要はないのさ。さあ、もう行こう」

トムも、ヴィッキーも、トビーのことはまるで忘れているようだった。二人は彼を残して草地を横切って遠ざかった。トムはヴィッキーの腰に手を回し、ヴィッキーはぬれた手をトムの肩に置いていた。

トビーは二人の姿を見送った。満ち足りた気持ちだった。ソーコムさんが今ここにいたら、きっと喜んだに違いない。デイジーが双子を産んだことを知ったら、やっぱり喜んだだろう。今しがた生まれた二番目の仔はトムが言ったようにただ「でっかい赤ん坊」というだけでなく、姿のいい、実に美しい子羊だった。体の斑点はくっきりと規則的で、やわらかい縮れ毛に覆われた、新芽のような、かわいらしい二本の角がすでに見て取れた。ソーコムおばさんは、何て名前をつけるだろう？　ビル――そう呼ぶんじゃないだろうか？　トビーは雨にびしょぬれになって、寒くなるまで羊たちを見守っていたが、ようやく背を向けて家路についた。

トビーの母親はミセス・ソーコムを訪ねて帰ってくると、フィッシュ・フィンガー、ポテトチップス、青豆、それにプラム・ケーキとチョコレート・ビスケットという豪勢なおやつをご馳走してくれた。ココアも入れてくれた。せっせと食べながら、トビーは母親にデイジーのすばらしい出産について話した。「そしてね、トムとヴィッキー、仲直りしたんだよ」

「知ってるわ」と母親は微笑した。「トムがランドローヴァーでヴィッキーを連れて帰ってね。ヴィッキーは、お夕飯をソーコムさんのところでいただくらしいわ」

トビーがおやつを食べおわったころに、父親が会社から帰ってきた。トビーは父親と一緒にテレビでフットボールの試合を観戦し、終わってから入浴した。ヴィッキーの大事にしている瓶の中の入浴剤をこっそり少しもらってお湯の中に入れたので、松のエッセンスのさわやかな匂いがする熱いお湯につかりながら、トビーは、結局のところ、そんなにいやな日でもなかったと考えていた。お風呂から出たら、ちょっとお祖母ちゃんのところを訪問しよう――と彼は思った。今日は一日中、お祖母ちゃんの顔を見ていない。

トビーはパジャマの上にガウンを着て、廊下づたいにお祖母ちゃんのところに行った。ドアをノックすると、「お入り」というお祖母ちゃんの返事が聞こえた。

お祖母ちゃんの部屋は、まるで別世界のような感じがした。家具も、カーテンも、調度品も、トビーたちが住んでいる一角のそれと、まるで違っていた。写真も装飾品もとてもたくさんあって、並びきらないくらいだった。それにお祖母ちゃんの部屋の暖炉には、いつも火が燃えていた。お祖母ちゃんはゆったりとソファーに座って、編み物をしていた。膝の上には本がひろげてあった。テレビも置いてあったが、お祖母ちゃんはテレビはあまり好きでなかった。本が大好きで、お祖母ちゃんというと、トビーは本を夢中で読みふけっている姿を思い浮かべた。でもトビーが行くと、読みかけの本にしおりをはさんで、かたわらに置き、トビーの相手に専心してくれた。

「トビー、さあ、おかけ」

お祖母ちゃんはものすごく年を取っている(トビーの友だちで、トビーのお祖母ちゃんよりずっと若いお祖母さんをもっている子もいる。トビーのお父さんも、トビーと同じように「おまけっ子」だったのだ)。お祖母ちゃんはとても痩せていて、二つに折ったらポキンと音がしそうだった。手も透きとおるような感じで、指の関節は指輪をはめたり、はずしたりできないくらい太い。それだからいつも指輪をはめっきりだ。きらきら光って、すてきに見える。

「今日は何をして遊んだんだね?」とお祖母ちゃんが訊いた。

トビーは腰かけを引き出してすわり、お祖母ちゃんにソーコムさんが亡くなったことを話したが、お祖母ちゃんはそのことをすでに知っていた。トビーは、ウィリーがソーコムさんのお棺をつくっていることも報告した。デヴィッドとカウボーイごっこをするのをやめたことも、デイジーが二匹目の子羊を出産したことも話した。最後にトムとヴィッキーが仲直りしたことを告げると、お祖母ちゃんはとてもうれしそうな顔をした。

「それは何よりだったね。ばかげた仲たがいにけりがついたというのはね」

「あの二人、愛しあって結婚することになると思う、お祖母ちゃん?」

「そうなるかもしれない。ならないかもしれない。どっちとも言えないね」

「お祖母ちゃんはお祖父ちゃんと結婚したとき、愛しあってたの?」

「まあ、そうだろうね。ずっと昔のことで、思い出せないことのほうが多いけれど」

「お祖母ちゃんは……」と言いかけて、トビーはちょっとためらったが、どうしても知りたかったし、話してくれる人がいるとしたら、お祖母ちゃん以外には考えられない。「お祖父ちゃんが死んだとき、お祖母ちゃん、とても寂しかった?」

「どうしてそんなことを訊くんだね? おまえはどうなんだい? ソーコムさんが亡くなって、きっとひどく寂しい気持ちなんだろうねえ」

「うん、一日じゅう。ソーコムさんが一緒だったらって、ずうっと考えてたんだ」

「時がたてば、だんだん治るよ、寂しいとか、悲しいといった気持ちはね。それから後は楽しかったことばかり、思い出すようになると思うよ」

「お祖父ちゃんが死んだときも、そんなふうだったの？」

「たぶん、そうだったと思うよ。そう、そうだったねえ……」

「死ぬって、こわいこと？」

「さあ」とお祖母ちゃんは微笑した。おもしろがっているような、ちょっといたずらっぽい笑顔だった。皺だらけの年老いた顔がびっくりするほど、若々しく見えた。「わからないねえ。わたし自身、まだ死んだことがないんでね」

「だけどさあ……」と、トビーは真剣な顔でお祖母ちゃんの目をみつめた。いつまでも生きる人なんて、世界中探してもいやしない。「だけどお祖母ちゃんは……死ぬのがこわくないの？」

お祖母ちゃんはぐっと身を乗り出してトビーの手を取った。「わたしはね、トビー、昔からいつも考えてきたんだよ――それぞれの人間の一生は、いってみれば高い山のようなものだってね。誰もがその山をひとりで登らなければならないのさ。登りはじめは谷にいる。日ざしが暖かく、あちこちに草地があり、小川が流れている。キンポウゲや、タンポポや、いろいろな花が咲いている。それはいってみれば、それぞれの人間の子ども時代さ。さて山登りが始まる。道がしだいにけわしくなり、歩きにくくなる。おまえにしたって、おりおり立ち止まって、まわりを見回すだろうよ。すばらしい景色がおまえを囲み、苦労して登ってきた甲斐があったという気がするだろう。山の頂上に着くと、雪も氷も日光を受けてキラキラと輝き、すべてが信じられないほど美しい。そこは山の絶頂さ。長い旅は、終わりを告げたんだよ」

　お祖母ちゃんの言葉を聞いているうちに、トビーはいつしか胸がいっぱいになっていた。ぼく、お祖母ちゃん、大好きだ――そう思いながら彼はつぶやいた。「でも、ぼく、お祖母ちゃんが死ぬの、うれしくないよ」

　お祖母ちゃんはほがらかに笑った。「そんな心配は要らないよ。わたしはこれからもまだまだ長生きをして、みんなにさんざん迷惑をかけるつもりだからねえ。さあ、ペパーミント・クリームを一個ずつ、食べるってのはどうだね？　食べたらトランプを出して、クロック・ペーシェンスでもしようじゃないか。おまえが訪ねてくれてうれしいよ。ひとりでいるのに飽きて、少しくさくさしはじめたところだったんだよ……」

しばらく遊んでから、トビーはお祖母ちゃんにおやすみなさいを言って母屋にもどり、歯を磨いてから寝室にひっこんだ。カーテンを少し引くと、雨はもうあがっていて、東の空に月が昇りかけていた。薄明かりの中に放牧場が、そして松の大枝の下にうずくまっている雌羊たち、子羊たちの姿がぼんやり見えた。

トビーはガウンをぬいで、ベッドに入った。母親の心配りで湯たんぽが入れてあったので、ベッドの中は温かった。トビーは湯たんぽをそっとおなかの上に引き上げ、やさしく包んでくれるような闇の中で、目を開けてじっとしていた。快いぬくもりを楽しみながら、彼は次から次へといろいろなことを考えた。

今日一日のうちに、「生きる」ということについて、ずいぶんたくさんのことを教わったような気がする。まずデイジーの出産に立ち会い、ヴィッキーとトムが仲直りをするのを見て、二人の間にあたらしいつながりが生まれかけているのを感じた。二人は結婚するかもしれない。しないかもしれない。結婚したら、赤ん坊が生まれる（赤ん坊がどうして生まれるのか、トビーはもうちゃんと知っていた。家畜の出産について、男同士の話をソーコムさんとしたときに、教えてもらったのだ）。ヴィッキーに赤ん坊が生まれたら、ぼくは――そうだ、叔父さんになるわけだ。

死ぬってことについても、ひとしきり考えた。母さんは、死ぬってことは生きているってことの一部だと言っていた。ウィリーは、それは神様と自分との間の秘密だと話してくれた。だけどお祖母ちゃんは、死はそれぞれの人が登って行く高い山の、輝かしい頂上だと信じているのだ。お祖母ちゃんのがいちばんすばらしい、いちばん心を慰めてくれるイメージのような気がする。ソーコムさんも自分の山に登って、頂上に着いたに違いない。トビーは、意気揚々と山のてっぺんに立っているソーコムさんの姿を想像した。空がまぶしいほど明るいからだろう、日よけ眼鏡をかけて、日曜日用の晴れ着を着ている。たぶん、頂上に立てる旗も持っているんじゃないだろうか。

急に疲れを覚えて、トビーは目を閉じた。二〇〇パーセントのボーナス出産。ソーコムさんがいたら、どんなにか、喜んだだろうに。ソーコムさん、せめてもデイジーの双子が生まれるまで生きていればよかったのに。

しかし眠りが忍びよってきたとき、トビーはにんまりと微笑していた。これという理由はなかったが、彼はかたく信じていたのだった——どこにいようとも、彼の親友のソーコムさんがすべてを承知しているということを。

週末

Weekend

この週末は休戦という約束だった。休戦といっても、べつに喧嘩をしたわけではない。知りあってから二年がたつが、喧嘩など、一度もしたためしがない二人であった。休戦という言葉は誤解を招く。紳士協定といった方がいいかもしれない。つまり今度の週末には、トニーはエリナにたいして求婚しない、またなぜ結婚すべきかという、もっともらしい理由をきりなく並べたてることもしない（したがってエリナとしても結婚できないと言いきる必要がないし、なぜ結婚できないかということに関して、これまた、もっともらしい理由を並べたてる必要もない）という了解が、成り立っていたのであった。

週末の三、四日前、トニーからエリナに電話があった。

「少しまとまった休暇が取れるはずでね。今度の週末に車で都落ちするつもりだと言ったら、一緒にくる気はあるかな？」

ベテランの編集者であるエリナは印刷所から届いたばかりのゲラ刷りの山に囲まれ、手帳には人と会う約束など、予定がぎっしり詰まっており、仕事を依頼しようと考えている作家がなかなか捕まらないこともあって、不意の申し出にたいして、初めはとんでもないと言わんばかりの口調だった。

「トニー、わたしはとても無理よ。だって……」

「何とかやりくりしてみるんだよ。編集長には、病気の伯母さんのところに見舞いに行ってこなけりゃとかなんとか、言ってさ」

「人のことだと思ってあっさり言うけど」とエリナはトンボ眼鏡を額に押しあげて、収拾がつかないほど散らかっている机の上を、悲しげに眺めやった。

「じゃあ、せめてもこの週末だけでも。金曜日の夕方にロンドンを出て、日曜日の夕方に帰ってくりゃいいと思うがねえ」

「いったい、どこへ行こうって言うの？」

「南フランスと言いたいところだが、今回は無理だろうな。でもグロスターシャだったら、日帰りだってできる。ブランドン・マナーに行こうよ」

「ブランドン・マナー？　あなたの以前の職場のこと？」

「ああ。宴会場はどんなふうに準備するか、ヒバリの舌のアスピックはどうやってフランベするかなんてことを教わって、ぼくがホテルマンとしての研鑽を積んだ場所だからね。きみだって、自分の目で見たいんじゃないかと思ってさ」

「ああしたホテルに行けるのは、億万長者だけだと思ってたわ」

「億万長者とトライアングル・ホテル・グループの職員とね。幸いぼくはその一員だから、かなり割安に逗留できるのさ。きみさえイエスと言ってくれれば、すぐ電話して、週末に二部屋ばかり空きがないか、確かめてみるつもりだよ。ねえ、いいだろう？」

エリナはほっと嘆息しながら思いめぐらした。五月に入ったばかりだが、この一、二か月、働きづめだったし、静かな田舎で週末をゆっくり過ごせればこのうえなしだという気がしていた。木々がいっせいに芽ぶき、草はさわやかな緑、小鳥が愛らしい声でさえずり、天気さえよければかなり暖かいだろうし……

「でも約束してくれる？　つまり……」と言いさして、エリナは言葉を切った。部屋の一隅で秘書が手紙を封筒に入れる作業をしながら、それとなく聞き耳を立てているのを察したからだった。

「つまりね、あなた、ほんとに……」とまた言葉を切った。

「ああ」とトニーはちょっと間を置いてから、答えた。「わかってる。議論はいっさいアウトってことだろ？　結婚指輪とか、結婚式とか、その種の話題はいっさいタブーで。いいとも。二人で週末が過ごせれば、それだけでぼくは満足なんだから」

エリナはつい、にっこりしていた。「そうね、気持ちが少し動きだしてるみたい」

「少し？」

「いえ、動いているわね、大いに」

「だったら、金曜日の午後五時に車できみの会社に寄るよ。すぐ出発できるように、用意していてくれるね？」

「いいわ、待ってる」

「ねえ、ぼくはきみを心から愛してるんだよ」

「トニーったら！　約束したはずでしょ？」

「結婚してくれとは言わない――そう約束しただけだよ。愛してるって言ったからって、べつに約束違反にはならないと思うけどなあ」こうぶつぶつ言いながらも、トニーの声は微笑を含んでいた。「じゃあ、金曜日に」

というわけで金曜日の夕方、週末を控えて家路へと急ぐ勤め人の車がこみあっているロンドン市内を何とか抜けだした二人は、モーターウェイをひた走り、そうこうするうちに田舎道に出て、はっと息を呑むように新鮮な田園地帯の夕景色を楽しみつつ、進んでいた。

　からりと晴れた、暖かい一日であった。ロンドンでは日よけを掛けている店がちらほら目立ち、花屋の店先に早咲きのバラが匂っていたが、田舎では近づきつつある季節のしるしはずっとさりげなく、素朴だった。果樹は愛らしいピンクの花をつけ、小さな住宅の庭にはレンギョウが咲きみだれ、ビロードのような色つやのポリアンサスの花が花壇を縁どっていた。

コッツウォールドの丘陵地帯にさしかかると、夕明かりの中に村々も農家も平和にまどろみ、金色に輝く石造りの家がカシワやブナの木立の陰に安らっていた。迂回する道が丘の際へと続き、林が途切れたところで、目の前にイヴシャムの広い、なだらかな谷の眺望がぱっと開けた。モルヴァーンの丘が、靄のなかに灰色にかすんで見えた。

「このまま、どこまでも行きたいわ。ウェールズまで、海までも」

「おあいにくさま、われわれはブランドンに行くことになっているんだからね。ほどなく到着じゃないかな」とトニーはギアを低速に入れ替えて、けわしい坂道を右に左にハンドルを切りながらくだって行った。目の下に、絵のような家々から成るブランドンの村が広がっていた。藺草《いぐさ》に縁どられた小川に架かる橋を渡り、みずみずしい牧草地を横切り、木立の間を少し行くと、門の前に出た。白塗りの柵の向こうの草地に数頭の馬が草を食み、遠くに湖が光り、道の向こうにこぢんまりした九ホールのゴルフ・コースが起伏していた。角をぐっと回ると正面にブランドン・マナーが見えた。どっしりした造りの、やや低い、広壮な建物で、縦仕切りの高い窓が並び、傾斜の急な、黒ずんだスレート屋根を乗せていた。

「美しいわ！」とエリナは吐息とともにつぶやいた。

「どんなに美しいか、あらかじめ言わなかったのはね、前宣伝が利きすぎて拍子ぬけっていうんじゃあ、がっかりだと思ったからだよ」

「あなたはどのくらい、ここで働いていたの？」

「約四年かな。副支配人付きでね。まあ、体のいい雑用係だな。ホテル経営のＡＢＣを勉強させてもらったよ」

「ホテルになったのはいつから？」

「本来の所有者夫妻が戦後手放したんだ。一人息子が戦死して将来の展望がなくなったんだろう。ここを去るのは辛かったと思うよ。このホテルはアメリカ人の観光客や新婚のカップルに、とくに人気が高くてね。新婚のお二人さん専用の、ハネムーン・スイートってやつまであるんだよ」

砂利道にタイヤの音を軋ませて広い石のポーチの前の車寄せで止まると、トニーはエンジンを切り、シートベルトをはずしてエリナにほほえみかけた。「だが心配は要らないよ。われわれはそのハネムーン・スイートとかには、今回は泊まらないと思うから」

「そんなこと、思いもしなかったわ」

「なかなかいいアイデアだという気がしないでもないがね」

「トニーったら！　約束でしょ？　結婚とか、新婚旅行の話はいっさいなしのはずよ」

「あまりにもロマンティックなセッティングなんでね、むずかしいよ、約束を厳守するのは」

「だったらあなたは三日間、もっぱらゴルフ三昧ということにしてちょうだい。わたしはお連れのいない女性の相客をみつけて、仲よくすわって模様編みの話にでも熱中しますから」

トニーはぷっとふきだした。「風変わりな週末を過ごすことになりそうだね、われわれは」そしてふと身をかがめてエリナの口にキスをした。「きみが不機嫌な顔をして見せると、どうしてか、ますます参っちまうんだなあ、ぼくは。さ、フロントに行って部屋に案内してもらおうじゃないか」

砂利道を横切ってポーチの黒ずんだ横木の下をくぐり、ガラス張りのドアから二人は中に入った。取っつきの石畳のホールのまわりにはどっしりした鏡板を張った壁がめぐらされ、エリザベス朝風の角ばった階段が階上へと続き、大きな暖炉の灰の上に太い丸太が赤々と燃えていた。火のパチパチとはぜる音と、古めかしい大時計が時を刻む音だけしか聞こえない、静かなたたずまいであった。階段の踊り場の下にレセプション・デスクが目立たぬように置かれ、黒い上着姿の一人の男がこっちに背を向けて郵便物を仕分けしていた。

「アリステア！」とトニーが声をかけた。

くるりと振り返った男は、一瞬口もきけないほどびっくりしたようだったが、すぐうれしげに笑みくずれた。

「トニー！」

「しばらくだねえ」

「いったい、こんな所で何をしているんだい？」

「もちろん、滞在するつもりできたんだよ。予約を入れておいたはずだが」

「そうか。タルボット氏というのはきみだったのか。もっとも受けつけたのは予約係だったんだが……」とトニーの肩をポンとたたいた。「きみがきてくれるとはね」

トニーはちょっと脇に寄って、後ろに立っていたエリナを少し引き出すようにした。「エリナ・クレインだ」

「はじめまして、エリナ」

「こんにちは」磨きこんだカウンターごしに、二人は握手した。

「アリステアとは一緒に修行した仲なんだよ。ごく若い時分にスイスでね」

「ここにいらっしゃるってこと、わかってたの？」

「ああ、それもここにきた理由の一つさ」

「きみはロンドンだったね？」とアリステアが訊いた。

「ああ、セント・ジェームズのクラウン・ホテルにいるよ。休暇をもらったんで、きみのマネージャーぶりを見ようと思ってね」としかつめらしくまわりを見回した。「うん、なかなかのものだ。

テーブル・クロスは真っ白、灰皿も汚れていない。やたら騒々しい音楽も流れていない。それに、ずいぶん商売繁盛らしいじゃないか」

「おかげさんで一年のおおかたは満杯さ」

「ハネムーン・スイートもかい？」

「ああ、この週末はふさがっているよ」と言ってにっこりした。「どうしてさ？　きみたち、ひょっとしてハネムーン・スイートがお目当てだったのかい？」

「とんでもない。エリナとぼくは、そういう部屋には用がないんだよ」

アリステアは笑ってベルを押し、「ポーターに荷物を運ばせよう」と言ってフラップを上げてラウンジに出てくると、二人の脇に立った。「何か飲み物でも？」

「お茶がいただければありがたいですわ」とエリナが言った。

「さっそくお届けしますよ」

まるで気配りの届いた個人の住宅に滞在しているようだというのが、ブランドン・マナーに関するエリナの第一印象だった。個人の家に客となった場合と違うのは、食後に洗い物を手伝う必要がないということくらいだろうか。それにしても、ホテルに泊まっているという気がまったくしないのはどうしてだろう？　かつてこの家に住み、この家をふかく愛してきた人々はここを去らねばならなくなったときに、彼らの美しい家具とともに、いわく言いがたい、一種温かい雰囲気を残して行ったらしい。設備や調度は必要に応じてさりげなく、しかし行き届いた配慮をこめて現代化され、このホテルにあらたな魅力を添えているのであった。

壁紙にしても、一風変わった形の客室のために特注したのではないかと思われるほど、色合いも、デザインも、申し分なく似つかわしいものが選ばれていた。奥行きのふかい窓にはパリッとした木綿のカーテンが掛かっていた。どの部屋にも現代風のバスルームが付属しているようだったが、曲がりくねった廊下の脇に、昔ながらのマホガニー材の浴槽と真鍮の水栓を備えた浴室も残されていた。

階下のラウンジはかつては応接間だったらしく、フランス窓から二、三段降りるとテラスが広がり、テラスがさらに芝生に続いていた。食堂は大広間の名残りらしく、六角形を半分に切ったようなオーリアル窓は天井まで高く、昔の繕い物部屋か、モーニング・ルームといった部屋がバーになっていた。品格を保ちながら、同時に家庭的な温かさを失っていないのは心にくいほどだった。

その夜、トニーはエリナがまだ身じまいを終えないうちに入浴と着替えをさっさとすませて、彼女の部屋のベッドの端に腰を下ろして待っていた。白いシャツにきちんとネクタイを結んで黒いブレザーを着ていたが、上背があるのでなかなか立派な押し出しだった。

「あなた、いい匂いがするのね、トニー。いい匂いのする男の人って、わたし、好きよ。すっきりした、清潔な感じで」

「いい匂いがするかどうかは知らないが、ぼくはのどがからからなんだよ」

「だったらバーに行って、何か飲んだら？　わたしも後で行くから。十分以上はかからないと思うわ」

トニーが出て行くと、エリナは淡い色の長い金髪にブラシを掛けながら、鏡に映っている自分の目を見返した。みつめているうちに、ブラシを持った手の動きがのろくなり、やがて止まった。鏡の中の若い女を彼女は、ほとんどさげすむようなまなざしで眺めやった。フリルのついた、ゆったりとしたガウンのネックラインは大きく開いており、ゆたかな胸の曲線を際立たせ、ブラジャーのレースの飾りがのぞいていた。

あなたは何を望んでいるの？——と彼女は鏡の中の若い女に訊いた。化粧をしていない顔。絹糸のような髪が、ゆるやかな曲線を描いて肩にかかっている。あなたはいったい、何を願っているの？

わたしは知りたいの。あの人とのつながりにコミットしながら、埋没してしまわずにいられるかどうか。愛されはしても、その愛に圧倒されてしまうことはないか。惜しみなく愛を与えながら、自分自身のためにも、ささやかな何かを取っておくことができるかどうか。

欲ばりなのね、あなたは。すべてを手に入れたいんだわ。お菓子を取っておきたいなら、食べてはだめ。

それはよくわかっているわ。

いい加減に決心しなさいよ。このままでは、トニーにたいしてフェアじゃないわ。

それも、わかっているわ。

誰かと話したい。第三者と。理解してくれる人と――とエリナは思った。そしてふたたびゆっくり、ブラッシングにもどった。それからクリームを塗り、アイシャドーに手を伸ばした。

その小さな寝室は、ヴィクトリア朝の家の子ども部屋のように、平和な安定感を漂わせていた。この家で育った子どもはとても幸せだったに違いない。もう一度子どもに帰れたら。すべてを然るべく配慮してもらい、ただ受けいれるだけの子どもに。何一つ決断を下す必要がない子ども時代に。

でもわたしはもう子どもではない。わたしはエリナ・クレイン、二十八歳、パーカー・アンド・パスモア出版社で児童図書の編集に当たっている、かなり有能な編集者だ。過ぎ去った年月をなつかしんで懐古情緒にひたる感傷とは、とうに無縁のはずなのに。

手早く化粧をすませると香水をスプレーし、ガウンをぬいで、カジュアルだが洗練されたタッチの服を着てジッパーを上げた。やわらかい革のパンプスをはき、ハンドバックを取り上げるとエリナは明かりを消し、部屋を出た。鏡の中の若い女性には一顧も与えずに。

厚いカーペットを敷いた廊下づたいに食堂に行くと、テーブルはすでに四分の三かたふさがっていた。

「このホテルが閑散としているときって、あるのかしら?」

注文を聞いてウェイターが去り、ワインのリストを待っている間にエリナが訊いた。「ないようだね」とトニーは答えた。「客室は二十室しかないし、シーズンに左右されるわけでもないから。

ゴルフをしないお客にしても、一年のどの時期にしろ、することや見るものには事欠かないしね。ストラトフォード、ウェールズ、バースにも行けるし、ブロードウェイだって近い。コッツウォールドを探検するのもいいだろうし、土曜の夜にはきまってディナー・ダンスがあるし、クリスマスやイースターには特別の催しが計画されているんだよ」

「ここでクリスマスを過ごすのはすばらしいでしょうね。だって、クリスマスのためにつくられたような家ですもの」

ワインのリストがくると、トニーは角ぶちの眼鏡をかけてとくと検討したあげく、一本を選んだ。ウェイターが立ち去ると、眼鏡をはずし、腕を組んで肘をテーブルの上につき、トニーは少し身を乗り出して言った。

「ねえ、当ててみないか。ハネムーン・スイートにご滞在のカップルはどれだと思う？」

トニーの目がいたずらっぽく輝いているのを見て、エリナは何がおかしいのかしらと訝りながら食堂の中を見回した。あそこの片隅にすわっている若いカップルかしら？　いいえ、スイートルームのために大枚をはたくほどのお金持には見えないわ。それとも窓際のテーブルに向かい合っている二人かしら。違うと思うわ。女性は純血種の馬のような顔を上げて、きっと前方をみつめてほとんど口を開かず、男性のほうも、ひたすら耐えているといった面持ちで、憮然とすわっている。あっちのアメリカ人らしいカップルだろうか。新婚旅行というより、ゴルフを楽しみにきた感じだけれど。

「見当もつかないわ、ぜんぜん」とエリナは答えた。

トニーはちょっと手を振って言った。「あの暖炉の近くのテーブルについている二人が見えるかい？　あのカップルだってさ」

エリナはトニーの肩ごしに視線を走らせた。彼女自身の両親、いや、祖父母といっていいくらいの年齢の男女であった。女性は銀色に輝く髪を無造作に後ろで髷にまとめていた。連れは口ひげを生やし、髪の毛が少し薄くなりかけている、恰幅のいい紳士だった。女性の服装も感じのよいものではあったが、取り立てて目をひくことはなかった。そんなふうで、一見ごく平凡な夫婦と見えたが、ある意味ではきわめて非凡といえた。二人はまわりの客がまったく目に入らない様子で、いかにも楽しそうに語りあい、おりおりは愉快そうに声をあげて笑っているのであった。

「確かなの——今、あなたが言ったこと？」とエリナはまさかと言うように、トニーの顔をみつめた。

「ああ、レンウィック夫妻とか、聞いたが」

「つまりあの二人、新婚早々ってこと？」

「だろうね。ハネムーン中ってのはすなわち、新婚早々ってことなんだから」

エリナはそれとなくもう一度、その二人を見やった。夫はワインのグラスを手に、妻の話に耳を傾けていた。妻が冗談でも言ったのか、夫は突然、さも愉快げに高笑いした。エリナは魅せられたように、その二人の様子を見守った。

「ずっと昔から、いいお友だちだったんじゃないかしら、あの二人。彼女のご主人が亡くなり、彼の奥さんも亡くなって、残された同士、いっそ結婚しようってことにでもなって」

「かもね」

「それとも彼女はずっと独身を通してきたけど、彼の奥さんが亡くなり、彼は彼女に『あなたをずっと愛していた』と初めて打ち明けた……」

「かもね」

「それとも同じ客船に乗りあわせ、デッキでシャッフルボードをする彼女の姿に、彼が魅せられた……」

「ありうるね」

「訊きだすわけにはいかない？　知りたいわ、ほんとのところを」

「きみがきっと関心をもつと思ったんだよ」

エリナは、満ちたりた、喜ばしげな表情で向かい合っている、その年老いたカップルに、なぜともなく、ひどく魅きつけられるものを感じていたのであった。

「あの二人を見たために、きみの気が変わるってことはないかな。というか、決心がつくってことにはならないだろうか。われわれ二人の場合についてさ」

エリナはテーブルクロスの上に目を伏せて、必要もないのにナイフの位置をゆっくり変えた。それから低い声で言った。「約束したはずよ。ルール違反はよくないわ」

ウェイターがワインを持ってきた。

「誰のために乾杯しようか？」とトニーが訊いた。

「わたしたち二人のためじゃないわね」

「ハネムーン・スイートのカップルの、末ながい健康と幸福を祈るってのはどう？」

「いいわ」二人はグラスを合わせた。

わたしはこの人を愛している――とエリナは切ない思いで考えていた――信頼もしている。わたしが信頼できないのは、この自分なのだ。

翌朝、遅めに朝食を取ってから、トニーとエリナは散歩に出かけた。ありがたいことに、天気は今日も上々だった。エリナはシャツの上にプルオーバーを着て、白いジーンズをはいていた。庭をしばらくそぞろ歩きし、母屋から少し離れて立っている古い大きな納屋（かつては、農夫たちから徴収した、十分の一税の穀物が貯蔵されていたということだった）の中を見物したのち、二人は湖のほうに足を向けた。

葦の茂みのかげに、風の届かない窪地があった。みっしり生えている緑の草の所々に、デイジーが頭をもたげていた。草の上に寝ころんで見上げると、抜けるように青い空に白い雲がきれぎれに漂っている。二人があまりひっそり横たわっているので、何をしているのだろうと好奇心を起こしたらしい白鳥が二羽、湖をわざわざ滑るように横切って見にきたくらいだった。

「こうしたすべてをもっていたのね――ここに住んでいた人たちは」とエリナはしみじみ言った。「子ども時代をここで過ごし、何もかも当然のように受け入れていたわけね。成長するにつれて、こうしたものがみんな自分のうちにしみこみ、自分の一部となっていることを感じたことでしょうね。自分の人生の一部、自分という人間の一部になっていることを」

「しかし、責任も感じたに違いないよ」とトニーは指摘した。「自分たちのために働いてくれる人々はまた、配慮し、世話をしなければならない人々でもあるんだから。そうした人々の一人が年を取ると、その老後に気を配り、住む家があるように、暖炉のための石炭が絶えないように、食べ物が十分にあるように、見守る責任があったはずだ。土地もまた彼らの責任だったろう。建物が老朽化しないように気を配り、地域の教会も支えていかなければならなかった。一昔前の人たちは、教会に、そりゃあ熱心だったからね。神を信じていたかどうかはとにかく、神が自分たちを信頼しておられることを、かなり強く意識していたと思うよ」

「とてもいい人たちだったに違いないわ――ここに住んでいた家族は。建物そのもののうちに、なつかしい、快いものが脈打っているようですもの。人への思いやりとやさしさが。ここで働いていたとき、あなたはここが好きだった、トニー？」

「ああ、だが風光明媚の、すばらしい淵に漂っているような気もしたっけ。刺激に乏しいというか」

「いろいろな人に会えたわけでしょ？　それは刺激とは感じられなかったの？」

「ぼくにとっては、必ずしも十分ではなかった」

「わたしたちが結婚するとしたら、やっぱりすばらしい淵につかっているような気持ちになるかしら？　初めはとにかく、時がたつにつれて？」

トニーは目をまるくして頭をもたげ、びっくりしたようにエリナの顔をみつめた。

「ぼくら、結婚の話はしないことになっていると思っていたんだがね」

「わたしたち、遠回しにそのことばかり、話題にしてきたんじゃないかしら。正面切って持ち出すことこそ、しなかったけれど。約束のことは忘れて、すべての問題点をおおっぴらにして徹底的に話し合ってみるほうがいいかもね。ただわたし、言い争いになるのが嫌なものだから」

「言い争う必要なんか、あるものか。もともとそんな問題はありゃしないんだから。ぼくはきみと結婚したいと思っている。きみはぼくと結婚したくないと思っている。単純明快だよ」

「そう言ってしまうと、わたしがまるで心なしの、冷たい女のように聞こえるわ」

「そうじゃない。それはぼくがいちばんよく知っている。だったら世間の耳にどう響こうが問題じゃないさ。ねえ……」と片肘をついて少し身を起こした。「ねえ、エリナ、われわれは二年間つきあってきた。われわれのつながりがよいものであることを、まわりの人たちに、また自分たち自身に証明してきた。われわれの間にあるのは盲目的な情熱ではない。コミットしたとたんに苦い味がまじりはじめるような、かりそめの恋でもない」こう言いながら、トニーはにっこりした。言い合いをしているときでも、彼はついぞ不機嫌になることがなかった。「結局のところ、きみにしろ、ぼくにしろ、呑気なティーンエージャーとは違うんだからね。ぼくはただ、あのレンウィック夫妻のように結婚を先に送って、一緒に年を取るという喜びをふいにしたくないだけなんだよ」

「それはわたしも同じよ、トニー。でもね、わたしたちの結婚生活が破綻したらと思うと、むしょうに怖くて」

「つまり、ぼくの両親のように？」

トニーの両親は彼が十五歳のときに離婚して、べつべつな人生を歩むようになった。彼はこの衝撃的な経験については口を閉ざして語らず、エリナは彼の両親に会ったことがなかった。彼はまた続けた。「完全な結婚なんてありゃしないよ。それに両親が誤りをしたからって、子どもが必然的に同じ誤りをするということはないんだからね。それにきみのご両親は幸せだった。結婚生活をまっとうされた」

「ええ」彼女はふと顔をそむけて、無意識に草を一つかみ、引きぬいた。「でも父が亡くなったとき、母はまだ五十歳だったのよ」

トニーは片手をエリナの肩に置き、彼女を自分のほうに振り向かせた。

「いつまでも生きるという約束はできないが、ぼくなりに努力することを誓うよ」

エリナは思わず微笑していた。「ええ、あなたなら、そうするでしょうね」

「つまりぼくらはいちおう話し合ったわけだ——ぼくらの問題について。きみが言ったように、もやもやを取り払いもした。この話はこれまでとして、思いきり楽しもうよ」と言って、トニーは腕時計を見た。「おっつけ昼食の時間だよ。昼から車でブロードウェイに行こう。クリーム・ティーをご馳走するよ。今晩はせいぜいスマートに着飾って、ここのバンドの演奏に合わせてダンスとしゃれようじゃないか。後々まで、この土地の連中の語りぐさになるくらい、スマートに」

日曜日の朝、トニーは世間並みの夫のようにゴルフに出かけた。一緒に一ラウンドしようという相手がみつかるかもしれないと言ってエリナも誘ったが、彼女は、日曜新聞をまわりに取り散らかして、ベッドで朝食を取った。十一時ごろにやっと起き出して入浴し、着替えをすませると階下に降り、戸外に出た。前日ほど暖かくはなかったが薄日がさしていて、エリナはゴルフ場のパビリオンのほうへとぶらぶら歩いて行った。

パビリオンに着いたが、どっちに行ったらいいのかわからなくてためらっていたとき、後ろから「おはようございます」と声がかかった。振り返ると前面のベランダの籐椅子に、あのハネムーン・スイートのミセス・レンウィックがすわっていた。ツィードのスカートに、手編みの厚手のジャケットを羽織っていた。

「おはようございます」とエリナも挨拶を返した。「ゴルフを見物しようかと出てきたんですけれど、どっちに行ったらいいか、わからなくて」

「うちの主人も、けさはゴルフをしているんですのよ。わたしはしばらくここにすわっていたくて。おすわりになりませんか？」

エリナはちょっとためらったのち、籐椅子を引き寄せてすわり、両脚を伸ばした。

「いい気持ち」

「ええ、ほんとに。お宅のご主人は何時ごろ、出発なさいましたの？」

「二時間ほど前でしたかしら。でもわたしたち、結婚しているわけではありませんの」

「まあ、ごめんなさい。わたしたち、昨夜、あなたがたのことをお噂していたんですよ。きっと新婚旅行を楽しんでいらっしゃるに違いないって」

トニーと彼女がレンウィック夫妻を話題にしていたように、彼らのほうでもこっちのことを噂していたなんて。

エリナはミセス・レンウィックの左手にちらっと目を走らせた。キラキラ光る婚約指輪と結婚指輪と二つの指輪がはまっていることと思ったのだが、当てがはずれた。ダイヤモンドの輝きはなく、ただ一つはまっている結婚指輪は当人の手と同じくらい、年月を感じさせる、ごくつつましいものだったのだから。エリナが思わず不審そうな表情を見せたのだろう、ミセス・レンウィックが目ざとく気づいて言った。

「どうかしまして？」

「いいえ、何でも。ただ――ただわたしたち、お二人はハネムーンでこのホテルにいらしゃったとばかり、思っていたものですから」

ミセス・レンウィックは頭をのけぞらせて、少女のように楽しげに笑った。「おやまあ、ずいぶん、買いかぶってくださったこと。わたしたちがハネムーン・スイートに泊まっていることを、お聞きになったんでしょ？」

「じつは――」エリナはよけいな詮索をしたように聞こえてはと、口ごもりつつ弁解した。「トニーがたまたま、ここのマネージャーの方と親しいんですの」

「そうでしたの。わたしたちね、結婚してちょうど四十年になるんですよ。それで主人が、ブランドンで週末を過ごそうと言いだして。四十年前、新婚旅行でここに泊まって以来ですの。そのときは予算がぎりぎりで、ほんの二日しか滞在できませんでしたけど、いつかきっともう一度こようと約束したものですから。それにしても新婚のカップルだなんて。もうろくしかけているじいさん、ばあさんがと滑稽にお思いになったでしょ？」

「とんでもありませんわ。だってお二人とも、ほんとうにお幸せそうに見えましたもの。つい昨日、お会いになって、たちまち恋に落ちたと言っても、うなずけるくらいに」

「ますますうれしいことを言ってくださるのね。でもわたしたちのほうこそ、あなたとあなたのお友だちが踊っていらっしゃるのを見て、あんなぴったりのカップルは見たことがないと話しあっていましたのよ」ちょっとためらってから、ミセス・レンウィックは率直な口調で訊いた。

「長いおつきあいですの？」

「ええ、二年になりますわ」

「そう。近ごろの男の方は結婚生活の責任を取らずに、その旨《うま》みを味わいたがる傾向があるようですわね」

「わるいのはわたしなんですの。トニーは結婚したがっていますのに」

「あの方、あなたをとても愛していらっしゃるのね」とミセス・レンウィックはおだやかな口調で言った。
「ええ」とエリナは小さく答えたが、やさしい表情と賢そうなまなざしのこの女性に、ふと打ち明け話をする気になっていた。「わたし、どうしたらいいか、わからなくて」
「結婚なさりたくない理由がおありなの？」

「これといって何も。二人ともほかにひっかかりみたいなものもありませんし。お互いに、仕事はもっていますけれど」

「どんなお仕事？」

「トニーは、セント・ジェームズのクラウン・ホテルのマネージャーですの。わたしは出版社につとめています」

「あなたの場合、お仕事がとても大切ってことかしら」

「それもありますわ。でも結婚しても、仕事は続けられますし」

「それとも——一生をあの方とともにするという踏んぎりがつかないとか」

「いえ、わたしは、彼と一緒に暮らしたいんですの——とっても。でも、それだからかえって恐ろしい気がして。つまり彼の一部になって——自分をなくしてしまいそうで。トニーの両親は、あの人がまだ小さいときに離婚したそうです。でも、わたしの父母は何もかも一緒にしてきました。まるでお互い同士のために生きているようでした。父の出張などで、ときたま離れることがあると、毎日、電話で話し合っていましたわ。ところが父が心臓の発作を起こして急死し、母は突然ひとりになりました。まだやっと五十でした。それまで母は家族にとっても、友人たちにとってもすばらしく頼りになる人でした。でも父が亡くなったことで、すっかり力を落として。母の生活は父が亡くなった時点で、実質的にピリオドを打ったようなものです。わたし、母を愛しています。でも母に同調して、きりなく悲嘆に暮れているわけにもいきませんから」

「残念なことね、あなたにとっても、お母さまにとっても。でもねえ。わたし、思うんですよ。別れは誰にでも早晩訪れるって。わたしは今年六十歳ですけれど、主人はもう七十五歳ですの。わたしたち二人に、今後も長い年月が許されていると考えるほど、わたしは楽天的じゃありません。世間の平均からしても、おそらくわたしが主人を見送ることになると思います。でもわたしには、すばらしい数々の思い出があります。ひとりぼっちになることも、わたしには恐ろしいこととは思われませんのよ。ひとりになっても、わたしはわたしなんですから。アーノルドを愛してはいても、殉教者のような気持ちであの人についてフェアウェイを歩こうとは、さらさら考えませんわ」

「ゴルフをなさったことはありませんの？」

「一度も。わたし、子どものころからピアノを習っていましてね。けっして上手ではありませんけれど、近ごろでは町のオーケストラと共演したり、ダンス教室で伴奏したりということもあるんですの。でもたいていは自分のために弾き、自分なりに楽しんでいます。それはわたしだけのもので、疲れたときに元気を回復する早道ですし、何かで落ちこんでいるときには心を慰めてくれます。ピアノはこれまでもずっと、わたしを支えてくれましたし、たぶん今後もそれは変わらないと思いますわ」

「母は、好きだった庭いじりまでやめてしまって……」

「わたしの友だちに、お天気だろうが、雨がふろうが、毎日欠かさず、犬を連れて散歩に出かける人がいますわ。つまらないことみたいに思えるだろうけれど、おかげで何度か、精神的な危機を切り抜けることができたって、彼女はよく言っています」

「わたしもそんなふうになれるといいんですけれど……」とエリナは低い声で言った。「母みたいになるのが、ただもう恐ろしくて……」

ミセス・レンウィックはしばらくエリナの顔を打ち見やり、それから訊いた。「彼と結婚したいと思っていらっしゃるのね？」

ちょっと間を置いてエリナはうなずいた。

「だったらそうなさいな。あなたは知的な方だし、ご自分を見失うことはけっしてないと思いますよ」少し身を乗り出すようにして、ミセス・レンウィックはエリナの手の上に、そっと自分の手を重ねた。「覚えていらっしゃいな——自分のプライベートな世界をもち、独立した精神を内にいだきつづけるって、とても大切なことなんですよ。彼はそのためにあなたを尊重するでしょうし、かえって感謝すると思いますわ。お二人の生活もそれだけ意味ふかい、価値あるものになるんじゃないでしょうか」

「あなたがたお二人のように……」

「わたしたちの生活についてなんか、何もご存じないでしょうに」

「だって、結婚して四十年にもなるのに、お二人は楽しそうに笑いあっていらっしゃいましたわ」

「あなたも、そうした結婚をお望みなの？」

しばらく沈黙の後、エリナは答えた。「ええ」

「だったら、ご自分でチャンスをつかむことね。両手で、しっかりと。ねえ、フェアウェイの向こうの端に立っていらっしゃるのは、あなたのトニーじゃないかしら。お迎えにいらっしゃいな、ね」

エリナは顔を上げた。向こうに見える二つの人影。その一つは確かにトニーのそれだった。おかしいほどの興奮が身のうちを満たすのを感じて、エリナは立ち上がった。そして少しためらってから、身をかがめてミセス・レンウィックの頰にキスをした。「ありがとうございました」

エリナはパビリオンの階段を降り、砂利道を横切ってフェアウェイに向かって歩いた。トニーが気がついて手を振った。エリナも手を振り返し、それから走りだした。

残る生涯のすべてを彼とともにするとしても、もう一分も無駄にはできない——そんな気持ちであった。

訳者あとがき（一九九三年刊　晶文社版より）

訳した本がでるのはいつでもうれしいことなのですが、このロザムンド・ピルチャーの場合は、特別にうれしく、いいえ、ありがたいくらいに思われます。

ちょうど三年前の一九九〇年の夏、三週間ほど、イングランドのあちらこちらを回ったあげく、わたしはヒースロー空港で帰路の飛行機の出発を待つ間、何か楽しい本はないかしらと売店に入って行きました。

C・S・ルイスが亡くなった家、彼のお墓、トールキンのお墓、アガサ・クリスティーのお墓と旅の終わりはちょっと墓地めぐりのようでしたから、少し気分転換をして帰りたかったのです。それこそふらっと入って行ったその売店で、まったく偶然に手に取ったペーパーバックが、この短篇集の原著の二冊のうちの一冊、Rosamunde Pilcher: *The Blue Bedroom and Other Stories*（1985）だったのです。表紙に"Author of the best-selling, much-loved The Shell Seekers"とありました。

飛行機のせまい座席に落ち着いてからさっそく開いたその本に、わたしはたちまち引きこまれました。旅の途中で会った友人、知人、行きずりに言葉をかわした若い人、バス停に立っていたお年寄り、公園でボールを投げ合っていた少年たち、大きな犬を二頭、散歩させていた少女——さまざまな人たちのイメージをダブらせながら、読み進みました。そして、ああ、訳したい、この本を、この作家のものをと、つよく、つよく思いました。

日本に帰ってから洋書を売っている書店に行ってみたら、五、六冊から十冊ほども、ピルチャーの作品が並んでいました。わたしはそれ以来、一冊、二冊と買いこんで、長編、中編もそろえました。訳したいという気持ちはますますつのっていました。

そして今年、その願いが聞かれて、『婦人之友』に短篇が連載されることになりました。まず六か月、反響があるようだったら、さらにもう半年――と編集の村本さん（翻訳権取得にタトル・モリ・エージェンシーの方々とともにお世話になりました）と話し合っていたのですが、一月号が出てすぐ読者の感想が返ってくるようになりました。「こういうものが読みたいと思っていた」、「原書で読みたいので、出版元を教えてほしい」、「自分も自然に文中の登場人物になっている」、「外国の話なのにとても身近に感じられる」といったあたたかい批評、感想に、わたしもいっそう励まされ、ピルチャーと一緒に、冬、春、夏と過ごしてきました。そして晶文社の方々のお力添えでこうして一冊の本が出来上がったのです。うれしい、ありがたい所以はおわかりいただけるでしょう。

ロザムンド・ピルチャーはイギリスの作家で、一九二四年生まれだといいます。十八歳のときにはじめて作品が雑誌に紹介されて以来、『グッドハウスキーピング』誌や『レディーズ・ホーム・ジャーナル』誌などに短篇を次々に発表してきました。長編では『シェルシーカーズ』、『九月』がベストセラーになりました。『シェルシーカーズ』は著名な画家の遺作「貝殻をひろう子ら」をめぐる、画家とその娘、そして彼女の三人の子どもの三代にわたる物語。つづく『九月』ではその三人のうちの一人、ノエルが登場しますが、舞台はイングランドからスコットランドに移ります。三冊目が近く出版される予定と聞いていますが、前二作と同様、登場人物が一人か二人、重なってはいても、それぞれは独立した物語になっているようです。

ピルチャーはイギリスはもちろん、アメリカにも多くの愛読者がいて、ドイツ語、フランス語、北欧語など数か国語に訳され、ラテン・アメリカやインド、韓国でも読まれているといいます。日本でいままで翻訳が出なかったのが、ふしぎなくらいなのです。

今度、日本で初めてピルチャーの短篇集を編んでみて、『婦人之友』の読者の感想はまったくそのとおりだと思うとともに、ピルチャーの「時」にたいする感覚の確かさをしみじみと感じました。若い者は老いた者の生き方をじっと見つめながら、現在の自分、まだ生まれ出ていない、将来の自分を考えている。年老いた者は過ぎ行く時とともに動いている自分を意識しながら、あたたかい目を若い人に注いでいる。そして自然。イングランドの、スコットランドの自然が、それをふかく愛する者の筆で描かれていて、わたしたちをいっとき、その中へと誘ってくれます。

この一冊の短篇集をきっかけとしてほかの短篇も、できれば長編も中編も紹介したいと思います。多くの読者に、ロザムンド・ピルチャーの世界をひととき、共有していただきたいからです。

ピルチャーさんは現在スコットランドのダンディー近郊に、ご主人と暮らしておられます。お子さんが四人、お孫さんが八人とか。

短篇集のもう一冊は *Flower in the Rain and Other Stories* (1991) といいます。「あなたに似たひと」と「週末」はこちらから取りました。両方とも、Hodder and Stoughton 社の Coronet Books です。

一九九三年八月

中村妙子

訳者あとがき（新装版）

わたしが初めてロザムンド・ピルチャーを知ったのは一九九〇年の夏。デヴォンシャーのトーキーで開かれていたアガサ・クリスティーの生涯と作品をテーマとする催しのあと、作品の舞台となったホテルに泊まり、彼女の所属教会に行って会堂が改築されたときに寄付したというステンドグラスを眺め、晩年の住いに近い川を船で渡り、最後に彼女の墓地を訪れるという気忙しい日程をなんとか消化しての帰途のことでした。

疲れてちょっと落ちこんでいたわたしは、何か楽しい読み物はないかと空港の書店に立ち寄りました。この店頭でたまたま手に取ったのがピルチャーの短篇集、*Blue Bedroom and Other Stories* (1985) だったのです。

そのころ、わたしはアガサがメアリ・ウェストマコットという別名で書いた六冊の小説を訳しおえており、クリスティーの推理小説が人間の時ならぬ、無残な死を扱っているのに一貫して軽快なテンポで、ときにはユーモアをさえ交えて記されているのに、ウェストマコット物はどうしてどれも真面目いっぽうなのかしらと、しきりに考えていました。そんなわたしの屈託を癒してくれたのが、搭乗間際にたまたま見つけたピルチャーの短篇集だったのです。

クリスティーとピルチャーを並べるのは筋違いでしょう。でも前後の経緯もあって、わたしの胸のうちでは二人は何となく結びついています。帰国後、ピルチャーのもう一つの短篇集、*Flowers in the Rain and Other Stories* (1991) を入手し、長編、中編もつぎつぎに読むことができました。短篇は『ロザムンドおばさんの贈り物』、『ロザムンドおばさんのお茶の時間』、『ロザムンドおばさんの花束』(いずれも晶文社より刊)の三冊に結晶し、長編小説の翻訳を手掛ける糸口となりました。

このたび、ピルチャーの代表的な長編小説である『シェルシーカーズ』と『九月に』の出版元の朔北社が、あらたに『ロザムンドおばさんの贈り物』の版権を取得したのを機会に久しぶりに彼女の作品を読みかえしてみました。そして長編もいいけれど、短篇もいいなあとあらためて感嘆し、新版によって新しい世代のひとたちがピルチャーを知る機会がひろがるのではないかと、いっそううれしく思ったのでした。

ピルチャーの長編の一つの主題である世代間の継承という問題は短篇にも色濃く流れています。

「あなたに似たひと」は古い世代から、いままさに羽ばたこうとしている、新しい世代への贈り物のような、滋味あふれる話です。

二つ目の「忘れられない夜」はよくありそうな、それだけに共感を呼ぶテーマでしょう。クリスマスツリーのように盛装した社長夫妻を戸口に迎えた若い夫婦の狼狽が他人ごとならず、伝わってきます。

「午後のお茶」では、若い未亡人である母親にたいする少年のやさしい心遣いが胸に迫ります。新しい隣人の大学教授のつくろわぬ温かい人柄を休暇のあいだに感じとって、寄宿学校に戻らなければならない少年はそれとなく、「お母さんをよろしく」と言いのこしたのです。

ピルチャーの物語の舞台はロンドン、コーンワル、そしてスコットランドです。彼女に傾倒するドイツ人の写真家の編集した写真集がわたしの手もとにあるのですが、ハイド・パークの芝生で日光浴をするさまざまな人びと、ロンドンのにぎやかな街路、コーンワルの青い海、切り通しから出てくる列車、さらにスコットランドの田舎の屋敷の暖かそうなキッチンに置かれた頑丈なテーブル、裏庭の芝生にひるがえる、洗いたての白いシーツやシャツといった、さりげない光景がさまざまな連想を誘い、彼女の小説のいろいろな場面がまざまざと目に浮かぶのでした。「白い翼」もその一つでした。

「日曜の朝」は、とつぜん二人の娘の父親になった若い夫の屈託のない人柄にひそむ、思いがけないこまやかさがホッとさせます。

「長かった一日」は世代を超えた友情の話です。それぞれの登場人物、とくに世を去ったソーコムさんの人柄が言わず語らず伝わってきます。

「週末」に似た感じのホテルにグロスターシャーで二晩、泊まったことがあります。親しい友人の家を訪れているような想いに浸らせてくれました。

いかにもさりげなく、当座はすぐに念頭を去ったであろう、人生の流れの淡い泡沫のような一こまが人間の一生にとって持つ深い意味を、ピルチャーは敏感に感じ取り、心なつかしい物語のかたちで、わたしたち読者を楽しませてくれるのです。

二〇一三年四月

中村妙子

著者　ロザムンド・ピルチャー

1924年、イギリスに生まれる。18歳より『グッドハウスキーピング』『レディーズ・ホーム・ジャーナル』等を中心に数多くの短篇を発表。代表作『シェルシーカーズ』（朔北社）は世界的に500万部を売るベストセラーとなった。短篇、中編、長編を多数発表。2002年にOBE勲章受賞。2019年没。

訳者　中村妙子（なかむら たえこ）

1923年、東京に生まれる。東京大学西洋史学科卒業。翻訳家。『シェルシーカーズ』上・下『九月に』上・下（朔北社）『懐かしいラブ・ストーリーズ』（平凡社）、ハヤカワ文庫のクリスティー文庫（早川書房）、『子どものための美しい国』（晶文社）など児童書から推理小説まで幅広いジャンルの本を多数翻訳している。

ロザムンドおばさんの贈り物

2013年 5月31日　第1刷発行
2021年 3月31日　第3刷発行

著者　ロザムンド・ピルチャー
訳者　中村妙子　translation © Taeko Nakamura 2013
装丁デザイン　山本 清（FACE TO FACE）
銅版画 / イラスト　城野由美子
発行人　宮本　功
発行所　株式会社　朔北社《さくほくしゃ》
〒191-0041　東京都日野市南平5-28-1-1F
tel.042-506-5350　fax.042-506-6851
http://www.sakuhokusha.co.jp
振替 00140-4-567316

印刷・製本　中央精版印刷株式会社
落丁・乱丁本はお取りかえします。
Printed in Japan ISBN978-4-86085-109-5 C0097